U0024479

# 淘寶黃金手

## 第二輯 卷七 力挽狂瀾

羅曉 著

目錄

淘寶黃金手 第二輯

# 第一〇一章

# 眞人不露相

就這麼一瞬間，周宣已經將朱傑點在當場，
絲毫動彈不得，猶如被點了定身法一樣。
張蕾在一旁驚得目瞪口呆，
沒料到周宣還真如劉興洲所說的一樣，是一個超級員警，
真是真人不露相啊！

朱傑眼睜睜地盯著張蕾，此刻，張蕾對他沒半分和色，瞧也不瞧他，逕自到一個空位上坐了下來。

因爲張蕾長得很漂亮，又穿了一身警服，身後還有兩個威武的男警，旁邊座位上的年輕男子趕緊拿了食物到另外的座位去了。張蕾歉意地笑了笑，但人家走開了，也不好再叫他回來。

朱傑陰沉著臉轉身離開了。當朱傑的身影消失在門外走道後，張蕾看著點好餐回來的周宣，不懷好意地笑了笑。

周宣感覺到有不好的預兆，坐到她身邊後才問道：「你笑什麼？」

「沒什麼。」張蕾嘴裏這樣說著，臉上卻是忍不住的笑意。她剛剛把朱傑氣走，可以想像到，一會兒回去後，誰知朱傑會用什麼法子讓周宣出醜呢？

按張蕾對朱傑的瞭解，朱傑絕對會充分發揮他的長處，比如拳擊散打、體能訓練，或者是以官職來壓逼周宣，給他小鞋穿。雖然不知道他到底會使用哪一種方法，但只要有可能，朱傑是絕對會把各種方法都用在周宣身上，不會客氣的。

周宣點的是兩個套餐，沒有問張蕾，就直接幫她點了鱈魚堡套餐，自己則點了雞腿堡。周宣首先把可樂狠狠地吸了一口，冰涼的感覺立刻從嘴裏到喉嚨，一直到胃裏，身體的熱度一下子就降了下來，舒服極了。

張蕾沒有喝可樂，而是把鱈魚堡拆開來吃，張蕾雖然外表看起來漂亮，但個性卻一點也不溫柔，自顧自地吃著漢堡。周宣雖然沒望她，但異能探測到，四周的座位上，那些學生都在偷偷看她。

五六米外的一張桌上，有四個學生模樣的男孩子，都是十六七歲的樣子，大概是高中生吧，其中一個就偷偷地說道：「哇，連吃東西的樣子都這麼美！」

周宣自然也不理會，把漢堡幾口吃了，可樂喝了，然後拿了紙巾把嘴擦乾淨。坐在對面的張蕾皺了皺眉，她動作也很快，但到底還是一個女孩子，不如周宣吃得快。

周宣也沒有出聲催她，只是靜靜等候著。張蕾將薯條一根一根地吃完，最後擦了擦嘴和手，這才站起身說道：「好了，走吧。」

在廣場的路邊，朱傑停車的地方空空如也，早把車開走了。周宣和張蕾便一起慢慢地走回去。到市局並不遠，過了馬路後只有兩百多米遠。

走回市局後，這時已經是下午了，早過了上班的時間，所以市局辦公大樓前沒什麼同事，來往的都是來市局辦事的人。

在辦公大樓底層大廳裏，周宣和張蕾剛一走進，便見到朱傑嘿嘿笑著迎了上來，一邊左右瞧了瞧，一邊壓低了聲音說道：

「小蕾，小周，怎麼樣，到訓練室活動活動吧！」

張蕾微微一笑，果真一切都在她的猜測中，這倒好，就看看這個超級員警是如何厲害吧！

不管周宣願不願意，朱傑便裝得極熱情地伸手拉著周宣，在他肩膀上拍了拍。除了周宣和張蕾兩個人，其他人看到朱傑笑呵呵的樣子，絕對會認爲朱傑跟周宣是相識多年的好朋友，不會想到朱傑是要把周宣拉去，給他一個狠狠的下馬威，出一個大大的洋相。

周宣自然知道他的意圖，絲毫不害怕，不過瞧見張蕾笑吟吟的表情，這才知道，原來她顯露出對朱傑不高興的樣子都是裝的，目的就是要讓朱傑出手來試探自己，想來她還是在揣測劉興洲對自己「超級員警」的評價吧。

周宣心裏急轉著，要對付朱傑自然是小菜一碟，但要不露出異能的形跡，就得注意一下，不管是極寒的冰氣異能，還是極熱的太陽烈焰，用哪一個能力，要說不露半點形跡，還是極有難度的，而朱傑又不像索馬里海盜，對那些人可以任意用異能轉化吞噬掉，現在可是在國內，而朱傑又是員警，即使對他有任何不滿，也只能暗中教訓，不能把他弄殘或弄死了。

市局的訓練室在六樓，整層分成了若干個區域，體能訓練和搏鬥散打室在最裏面，員警搏鬥訓練時，就算打得呼天叫地，外面也聽不見，更不會有人理。這樣一來，有怨氣，或者關係不好的同事，在外面動手打架會招來記過處理，不過在訓練室裏就無所謂了，就算受些輕傷，也不會有人過問，只要沒出大事，沒打死打殘，在訓練時受傷是很正常的事。

周宣在大廳裏便見到有不少文職女警在注意他們，本來張蕾的話題就很多，漂亮的女人不僅僅是男人注意的目標，同樣也是女人注意的目標。

這一次，周宣幾乎是給朱傑挾持而去的。一路上，進電梯前後，周宣都沒有用力反抗，任由他拖往訓練室而去。

訓練室裏有七八個穿著背心的男子在訓練，看到朱傑和周宣、張蕾三個人進來後，「嘩啦」一聲就丟了手中的訓練，一起圍了過來。

其中還有兩個人跑到門邊，把門關了起來，還用了根鐵棍頂上。張蕾看得很清楚，這七八個男子都是朱傑隊裏的隊員，看來是商量好的，要給周宣一個狠狠的教訓。

再瞧了瞧周宣，眼裏沒有一絲半毫的慌亂，人雖然給朱傑拽著，表情卻是沉靜如常。張蕾心裏就有些詫異，周宣沒有一丁點的慌亂，那就只能說明兩點：一是周宣是個傻子蠢貨，腦子笨，根本不知道朱傑馬上就要教訓他，給他苦頭吃；二是周宣的確如劉興洲所說，是一個超級員警，根本就不把朱傑等人放在眼裏。

市局刑警隊十幾個分隊，幾乎每個刑警都是能打善鬥的，一個人能輕鬆地對付兩三個普通人，而這裏，朱傑一起一共有九個人，九個狠手，而周宣只有一個人，無論周宣有多麼能

打，這個場面都占了下風。

張蕾是員警世家，自小便見多了武術、散打、搏殺等等，一個人能力再強，但要輕鬆對付八九個訓練有素的刑警，那絕不是易事，電影中的那些超級高手只是虛構的，現實中並沒有那樣的人，所以張蕾其實是不相信個人能力「超級」一說的。

所以，張蕾已經認定了周宣此刻只有認輸一條路可走，若是現場只有朱傑一個人，張蕾倒還不一定會認爲周宣就輸定了，但現在，朱傑這邊是九個人。

當然，朱傑叫他的手下來，只是要他們見證一下而已，並不是讓他們動手，但任何人在這樣的情況下都會有些顧忌。若是把朱傑打狠了，打傷了，他的手下就有可能一擁而上群毆周宣了。

朱傑把周宣拉進訓練室後，這才鬆了手，不客氣地盯著他嘿嘿冷笑起來，完全沒有了剛剛在外面的和氣表情。

周宣若無其事地說道：「朱隊長，怎麼，拉我來是想讓我看你們表演嗎？」

「嘿嘿嘿，表演是表演，不過，不是你們看我表演，而是他們看我們兩個表演！」朱傑嘿嘿冷笑著說，「既然來了訓練室，那我們兩個就過過招，試試身手吧。」

周宣淡淡道：「哦，原來朱隊長是想看我練的什麼武術嗎？那我告訴你吧，我練的是武當嫡傳的功夫，最拿手的便是武當的秘傳點穴術，你們要是不擔心被點穴後會有一點後遺症的話，那就試試吧。」

周宣說話的時候，背著雙手，一副說教嚇唬人的樣子，讓朱傑等人個個哈哈大笑了起來。沒有一個不認爲周宣此時是打腫臉充胖子的，他已經被在困在訓練室裏，此時不過是說點狠話充一下面子，在張蕾面前硬挺一下罷了。就從這點來講，朱傑一夥人就會讓周宣狠狠出一下洋相。

但讓朱傑等人好氣的是，周宣在這個時候還不曾嘴軟，一定要爭這口氣，那就注定了他會吃一個大苦頭。

從身形上看，朱傑比周宣要高出至少十公分，而周宣身體並不孔武，朱傑全身肌肉都是練出來的，兩相對比下幾乎可以估計到，周宣最多能支持兩個回合就會被徹底打趴下。朱傑的兇狠和搏鬥能力是出了名的強，市局裏都沒兩個人能超過他的搏鬥能力。

張蕾笑吟吟地在一旁等著看戲，不過，她只是想搞清楚周宣的能力。當然，如果周宣被打得狠了，她還是會阻止的。對於朱傑，她還是有把握控制的，所以才放心讓他們對打。

周宣依舊很坦然，雙手斜插在褲袋裏，瞧了瞧狂笑的朱傑等人，又道：「朱隊長，你們有九個人吧，我看不如一起動手，如果朱隊長單獨一個人動手的話，恐怕擋不了我一指的功夫吧。」

周宣這話語氣說得極輕極淡，但聽起來，口氣卻是狂到了家。別說周宣沒有害怕的表情，臨到頭了，反而是更加狂言大放，根本沒將朱傑等人瞧在眼裏。

這一下，別說朱傑本人，便是他的同事，另外八個人聽到周宣的話後，無不是勃然大怒，若說他們狂，周宣這話更狂，甚至是把他們所有人都完全無視了。

朱傑怒火熊熊地燃燒起來，把外套脫下來往地上一扔，冷冷道：「用得著全部人動手嗎？真有本事，把我打到趴下再說吧！」

說著，他把一雙手捏得「劈啪」直響。看來，不給周宣一點教訓那就是對不住他們周家人了，於是便斜斜跨開雙腿，冷冷道：「有句話說『是騾子是馬，拉出來溜一溜就知道了。』光口頭上說有什麼用？還是動手吧！」

周宣嘿嘿一笑，隨手一攤，說道：「我也是客隨主便吧，你說怎麼樣就怎麼樣！」

朱傑左右一瞧，八個手下兄弟分散站開，把周宣和他以及張蕾三個人都圍在了中間。周宣即使想跑想逃也逃不開去。

朱傑在這時候踏上前一步，看似輕輕一腳，但腳踢出去時，卻收了力，一拳打出，快如閃電。沒有一個人認為周宣能躲開這一拳。看現在這個架勢，周宣肯定是要吃虧的。

但就在所有人都猜測時，周宣已經暗暗凝結了一個極小的防護罩，這一拳打在周宣手掌中時，拳上帶著的兇狠力道就在防護罩上消失了一大半，然後，他左手指一下子點在朱傑的拳頭上。

朱傑只覺得手上一縷冰冷的寒氣自周宣的手指傳了過來，還沒反應到時，周宣又一指點到了朱傑腰間。點到拳頭上時，朱傑便已感覺右手整條手臂都沒了力氣，身子呆滯了一下，隨即又被周宣一指點到了腰間。

要是沒被周宣點中腰部，朱傑還能動彈，但現在，朱傑已經動彈不得，腰間被點的那一下，朱傑只覺得冰冷的氣息攪得他極爲難受，腰間麻了起來，半分也動不了。

如同周宣所說，朱傑一個人不夠他看。一開始，眾人以爲他只是說大話、撐面子，萬萬沒想到，就這麼一瞬間，周宣已經將朱傑點在當場，絲毫動彈不得，猶如被點了定身法一樣。

張蕾在一旁也驚得目瞪口呆，沒料到周宣還真如劉興洲所說的一樣，是一個超級員警，真是真人不露相啊！

而呆怔的其他八個人也都沒搞清楚是怎麼回事，雖然他們都是練過武的，但這樣神奇的功夫，那還真是只有在傳說中才能聽到。

一剎那，幾乎所有人都被周宣這一手震驚了。

周宣對朱傑所用的是冰氣異能，再加上極薄弱的防護罩，讓朱傑一點也沒察覺到異樣，還以爲周宣是真的用了點穴術呢。就這麼一手，周宣便把朱傑定在了當場，而他之前已放過

話，說自己用的是點穴術，一下子便把在場的所有人都震住了。

別人還不知道原因和感受，但朱傑卻是明明白白，他被周宣用冰氣異能凝結住了身體神經，一動不能動，連話都說不出來。

此刻，不管是其他人還是朱傑自己，都已經相信周宣是個會點穴的武技高手，高深莫測，而且是真的，並不是說大話。

而周宣一開始說的要他們一起上，省得費時費神，原以爲是在吹牛說大話，現在看來，竟然是真的。

張蕾好一陣子才回過神來，漂亮的大眼睛裏全是喜悅的神色，沒料到自己還真的遇上了一個傳說中才會出現的奇人。

周宣把手一縮，刹那間收回了鎮住朱傑的冰氣，朱傑這才打了個寒顫，感到臉上熱氣襲來，手腳立時可以活動起來。

朱傑馬上退了好幾步，瞪大了眼睛，又驚又疑地盯著周宣。這一刻，想教訓周宣的念頭頓時消失得無影無蹤了，而接下來要怎麼辦的想法，竟也是一點也沒有，腦子裏幾乎是空白一片。

其他八個手下也都散開在周宣身周，原本是要看周宣如何出醜丟臉的，但無論如何也沒想到，在他們的地頭，九個人圍一個人，再加上朱傑超強的身手，絕對贏定的事卻出了這麼大一個意外，的確讓所有人都想像不到。

只有張蕾一個人是事先知道一些內情的，但由於她並不相信劉興洲的話，所以也是抱著試探的心態觀望。她內心裏肯定不相信周宣是什麼超級員警，如果說他是一個普通人，靠關係走後門來到市局刑偵處的，那她還可能會更相信一些。

周宣淡淡笑問道：「你還要不要再試一次？」

聞言，朱傑幾乎立刻退了一步，表情遲疑起來。剛剛他可說是以雷霆萬鈞之勢撲擊周宣，但周宣卻是輕描淡寫便化解了，甚至在他沒有任何反抗之力時便被點了，如同他使的是奇異的定身仙術一般。

從自己被點住，又被周宣放開，朱傑都不知道周宣到底施用的是什麼手法，連動作影子都沒看到。

朱傑瞧了瞧張蕾驚喜莫名的表情，心中又妒又怒，還有些不服，緩過神來之後，不由得妒火中燒。在美色面前，朱傑失控地瞧了瞧左右手下，當即又一招呼，說道：「大家一起練練吧。」

朱傑這樣一說，他八個手下當即醒悟過來，八九個人對付一個人，當然是不用害怕、不用擔心的，只要一人抱周宣一條胳膊，便能困住他。

再說，朱傑被周宣解除了禁制後，並沒有說出來，而朱傑自己雖然明白，但也沒有對手下說什麼。周宣是對朱傑制住後再放了的，這讓朱傑的手下有所誤會，還以爲周宣是用奇異的點穴術點住了朱傑，但沒一會兒，又沒見到周宣有什麼動作，朱傑便活動開來退過去，也就以爲朱傑只是吃了個暗虧，一會兒就挺過去了，現在九個人如果一起動手，那周宣就算再強再大力，就算是用身體擠，也能擠得他沒辦法活動了。

朱傑一聲喊，往前一竄，狠狠地出招，其他八個手下自然毫不客氣地圍攏過去，便算一人兩隻手抓，那也能把周宣死死地抓住。

周宣毫不畏懼，雙手一振，動手之際，卻見到朱傑出手雖狠，卻是在瞬間把身形慢下來，不經意間便在其他手下的動手中稍稍退開了些許。

這個老奸巨猾的東西，剛剛出手兇狠的樣子只是做戲而已，目的就是讓他的手下們放心大膽地上前進攻，等到手下們一擁而上時，他又趁機退了一步，當然，這個動作在混亂中並未被他的手下們發現，看到並且察覺到的，就只有周宣和張蕾而已。

周宣自然不以爲意，但張蕾就很是鄙夷了。

張蕾一直以爲朱傑是個敢作敢爲的漢子，雖然不怎麼喜歡，但對他這個人卻不討厭，而朱傑大多數時候顯露的妒忌和霸道，那是任何女人都不會反對的，因爲那表示他喜歡自己。不過現在看來，這個人並不如他表面那樣耿直，心機如此的深，對待同事這樣的做法，就不讓張蕾喜歡了。

張蕾尋思的這一瞬間，說時遲那時快，周宣運起異能，雙手指東打西，只是做個樣子而已，但這個樣子配合他的冰氣異能，凝結成束的異能直透入圍攻他的八個人，而唯一的朱傑，他並沒有用異能凍結他，而只是把他的八個手下快速地以迅雷不及掩耳的動作制住。

在他們所有人看來，就是周宣用神奇的點穴術點住了他們，八個人頓時接二連三如同雕塑一般定在了當場，動彈不得，除了眼珠子還能轉動，腦子還能思想外，其他的任何動作也做不出來了。

朱傑大駭，一連退了五六步，一雙眼驚恐之極地盯著周宣。在這個時候，他真的知道，自己完全不是這個看起來普通的周宣的對手。

周宣此時收了手，背著雙手，慢慢走出八個雕塑一般被點住的人圍起來的圈子，對朱傑冷笑道：

「朱隊長，我這個人呢，說實話，是極不喜歡跟人動手的，因爲沒幾個人是我的對手，我早就提醒過你，當然，我知道你看我不順眼的原因，那我就告訴你個明白，你放一百二十個心吧，我來市局是工作的，不是來談情說愛的，我對這個沒興趣。我說這個並不是怕事，若是有人想要跟我較量身手，我不反對，不過，下次就不是只點住對方的身體了，我本人是

很容易生氣的，一生起氣來，也許被點了穴道的人，以後即使被解了穴，也說不定會跛腳殘手的，或者半身不遂、嘴歪眼斜腦子不好使什麼的，我可是醜話說在了前頭。」

周宣一席話，把朱傑的動機和對張蕾的看法都說了出來。雖然沒有挑明，但意思卻是所有人都聽得出來的。

張蕾氣哼哼地一跺腳，沒想到周宣這麼不給面子，把話說得這麼死，仿若不知道她是一個漂亮的女孩子一般。

朱傑一張臉又紅又驚，以他那麼強的散打搏鬥身手，在周宣面前卻毫無用武之地，無論他出手多麼快，多麼狠，周宣也能在一刹那間制住他們，絲毫沒有多費半分力氣，就如之前一樣被制住了。

周宣對朱傑又淡淡道：「朱隊長，我之所以沒有再制住你，不是因爲你在他們動手時退縮了，而是我想制住他們給你看一下，如果我要制住你，那是不費吹灰之力的。」

周宣這個話，純粹是說給朱傑的八個手下聽的，那八個人給定住了，但耳朵卻能聽得清楚，聽周宣這樣一說，這才明白，原來他們都是被朱傑當成了炮灰，當成了出頭鳥。

周宣說的是事實，二是離間一下這個朱傑和他的手下，誰叫他想整自己呢，要是換了另一個人，說不定就會吃大虧了，所以，自己整治他也不算冤枉他。

朱傑被周宣說出了秘密動機，一張臉更是紅得發紫了，脹紅著臉又不敢說什麼。如果惹得周宣不高興，說不定就又把他點住了。到現在，他還沒能夠看清楚周宣是如何動手的，所以他根本就沒辦法抵擋周宣的動手。

周宣又是嘿嘿一笑，轉身便往訓練室門外走去。張蕾呆了呆，瞧了瞧身邊這九位，個個如泥雕菩薩一般，朱傑雖然沒被點住，但也已經是怔得傻呆呆的，跟另外八個人沒什麼區別。

張蕾呆了呆後，趕緊跨步朝周宣追過去，叫道：

「周……周宣，等等我！」

張蕾追趕的時候，心裏還在想著，這些被點住的人要怎麼辦？總不能一直被定在這訓練室裏吧？再說，周宣自己也說過，被他點過後，可能就會有後遺症，朱傑等人再討厭，也總不能把他們弄傷弄殘吧？

周宣自然想得到這個問題，一邊走，一邊頭也不回地說道：「他們被點的穴道馬上就可以自動解開了，我只用了兩分力。」

周宣如是說著，一邊又運起異能，解除掉被他凍結住的八個人的禁制。當周宣把訓練室的大門打開走出後，那八個人各自打了個寒顫，手腳立時可以動彈起來，不過，身子還是軟軟的，忍不住軟倒在地，一雙雙眼都驚恐地瞧著門外的方向，不過，周宣此時已經消失得無影無蹤了。

朱傑見周宣人已經不在了，伸手摸了一下額頭，這時才發覺，額頭上、背心中已經全是冷汗，白色的背心都給濕透了。

哪裡冒出來這麼一個古怪又厲害到極點的人呢？

張蕾緊緊地追出去，追到周宣身後，一邊瞧著他，一邊喘著氣。周宣此時仍是那一副淡淡的表情，與之前沒有什麼兩樣。但張蕾的感覺就不同了，之前以為周宣不過是走後門進來的空降部隊，經過這麼一考察後，馬上就認定周宣是個真正的武林奇人了。

但一般來說，傳說中的那些世外高人或者絕世高手，大概都是白鬍子白頭髮的老者，飄飄如仙的樣子，哪有像周宣這麼年輕的高人呢？

於是，張蕾只是盯著周宣看，始終沒有問什麼話。周宣雖然有些奇怪她這麼能忍，但她不出聲，自己倒也少了些煩惱，免得再找話題來搪塞她，說謊的確不是一件讓他舒心的事。

周宣出了訓練室，一直到電梯邊時，才偏頭問了問張蕾：「我們上午看的那些卷宗的證物，都存放在哪裡？」

「證物管理處。那裡有專門的管理科室部門。」張蕾一邊回答，一邊問道：「怎麼了？要去看證物？那些證物，說實話，早已經給分局的刑偵高手翻遍了，然後又給市局的老刑警們檢查過，最後還請了部裏的專家們鑒定過，一層一層過濾，能放在這裏的，基本上都是破不了的案子，所以想從這些證物上找出線索來，那是不可能的。」

周宣淡淡道：「現在我們倆不是閒著沒事麼，反正也輪不到我們做別的，到證物處看看也好，長些經驗眼力，考考腦子。」

張蕾想了想，點了點頭道：「那好吧，你要去就去吧，我雖然不贊同，但沒別的事，劉處長把我借調過來跟你一組，就是覺得我是個燙手山芋，又不想我去惹麻煩捅婁子。我原以爲劉處長是讓你來煩我的，但現在呢，嘿嘿，應該是我煩你才對吧。」

周宣自然不想跟她談論這些局內的勾當，笑笑道：「誰煩誰我不明白，我只是覺得，反正也沒派給我們什麼正經事，不如就到證物科、資料室隨便看看吧，說不定能給我們看出點什麼門道來了呢。」

張蕾撇了撇嘴，剛想反駁一下，但馬上又想起周宣剛剛那驚人的表現，這才想到，他是一個神秘莫測的高人，高人的想法手段又豈是一般人能想得到和做得到的？說不定真如他所說，還真給破了一件半件的案子呢？

# 第一〇二章

# 一朝天子一朝臣

傅遠山當然明白，
一朝天子一朝臣，這是哪個一把手都會幹的事，
把手底下的人換成自己的人馬，辦事才有力度。
看來周宣雖然不在官場內，
但他的能力和悟性卻真是不錯，不進官場倒真是可惜了。

電梯來了，張蕾率先進去，周宣跟在後面，張蕾按下了十一樓的按鈕。

電梯裏有五六個員警，兩女三男，都是跟張蕾認識的。大家互相對視笑了笑，然後各自都沉默著，盯著電梯一樓一樓地往上升。

到十一樓的時候，電梯「叮」的一聲響，停下來門開後，張蕾瞧了瞧周宣，說道：「到了。」

直到出了電梯後，走開幾步，等電梯合上門啓動了，周宣才笑笑道：「市局的這些同事，好像並不是很歡迎你嘛。」

張蕾哼了哼，然後揚了揚頭道：「他們這是嫉妒！因爲我漂亮吧，或者是其他原因。總之是看不順眼我。」

張蕾說這話並沒有帶著炫耀的意思，因爲絕大多數市局的女同事的確都羨慕她有個好家庭，有個好容貌。

十一樓正好東西分成了兩半，從電梯口過來，進入的第一道門是封閉式的，需要檢查證件然後才能進入，進入後，東西走道分開，東面是槍械庫，西面是證物管理處。

周宣和張蕾當然是進入西面的證物管理處了。說實話，張蕾來這裏次數不少，但都是到槍械庫，偶爾跟同事們出去辦案子時，還來領過手槍及子彈，雖然沒有機會開槍，但槍她還是摸過的。

西面的證物科她可就從來沒進來過了。會進入市局的案子，基本上就是破不了的案子，來檢查和查看的都是老刑警和專家，她那樣的新手當然沒有權力來翻看，所以今天來證物科，算起來也差不多是第一次。

證物管理處裏面是什麼樣子，張蕾也不清楚，她其實還不如周宣。周宣還能通過異能探測到數十米外的情形，證物科和槍械庫雖然守備森嚴，卻瞞不過周宣的異能，基本上已給他探測得十分清楚。

在證物科上班的，是一個中年男子和一個五十來歲的老員警，檢查了一下周宣和張蕾的證件，然後又看了看傅遠山的條子，也沒說什麼，直接放行。

張蕾本就是他們認識的，想也想得到，能跟張蕾一起來，又穿著整潔的警服，也不可能會是別的地方來假冒的人，再說，還有代局長傅遠山的親筆條子，這面子，不給也得給啊。

張蕾的背景他們是早有耳聞的，父親是省廳裏的高官，另一個男子，恐怕只是一個無關緊要的人。

證物管理室裏有全方位的攝影監控，這是防備進入證物室的人把證據銷毀掉。

管理室裏全是一排排鐵櫃子，櫃子上全是一格一格的小櫃子，如同中藥店裏那些裝藥的櫃子一樣，每個小格子都裝了證物，在櫃子外面貼有證物的名稱和案件的發生地點和日期。

張蕾看著跟圖書館裏的書架一樣密密麻麻的證物櫃子，頭都大了，而且那些證物的來歷

和出處又沒有記下來，也不是專為了某一件案子而來，是以茫無頭緒，不知道要從哪裡入手。

周宣卻是把記下來的紙條拿了出來，照著紙條上的記錄，把證物一件一件地取出來，拿到手中觀看的時候，其實已經運起異能探測著證物上殘留的影像。

周宣一共記錄了十一件大案子的物證名稱，這時依次把這些物證取出來，在探測著物證上面殘留的影像時，周宣還要把殘留影像中與案子無關的影像剔除掉，比如真正的罪犯丟掉兇器後，給過路的無關的人碰到後，就會出現這個無關人的影像，而後又會有員警等人的影像，影像殘留的強弱，又與時間有很大關係。

所以周宣在挑選的時候，其實是有選擇性的，選的都是儘量離現在的日期最近的案子，時間過長的，他的異能就探測不到了，而且殘留的影像也容易消耗掉，甚至沒有。

張蕾自然看不出來周宣挑選這些案子的原因，只是盯著周宣，看到他把物證一件一件地拿出來看，看過後，又拿出筆在本子上記著什麼，然後再看第二件。

不過，其中有一些物證看過後，周宣也什麼都沒記，那自然是物證上面沒有探測到凶犯的影像。

十一件案子的物證最後看完時，周宣一共探測到了七件物證有真正凶犯的影像，四件只有員警的影像而沒有凶犯的資訊，所以周宣便自動放棄了那四件案子的追查。

七件有凶犯資訊影像的案子，周宣在本子上記了整整幾大篇。張蕾不知道周宣在記什麼東西，想走近些觀看時，周宣便對她說道：「別過來，不能看的。」

張蕾哼了哼，啐道：「稀罕什麼，不看就不看，神秘兮兮的……」嘀咕了幾句也就算了。

不過周宣那些驚人的手段，讓張蕾也不敢過分說什麼，高人嘛，就是與眾不同，而且周宣這個人，似乎有些不近人情，不管她說什麼或者做什麼，周宣對她都不假辭色，既不給她好臉色，也不跟她發牢騷。

張蕾還擔心要是說得過分了，周宣給她過來一指，把她定住就難堪了，打架肯定是打不過他的，就算自己找幫手來，一樣也是打不過他的。對周宣，以後肯定是不能動硬的、來狠的。這個傢伙不吃硬的，但軟的吃不吃，那還得試探後才知道。

周宣沒理她，只要她不搗亂或者不過來偷看就行了，要真過來撒潑什麼的，周宣還真想著把她給凍倒，反正也不怕她對自己下暗手，何況又在她面前對朱傑九個人露了一手，這一手的威脅力是無比巨大的，要動手的話，諒他們也是不敢了。

周宣把七件證物中有用的影像一一記錄下來，直到完全記好後，才伸了伸懶腰，把本子揣到口袋裏，然後對張蕾說道：「回去吧。」

「這樣就好了？」張蕾對周宣的舉動很是好奇難解，看周宣的樣子，又哪裡是有發現線索的樣子？分明就是沒事找事。但周宣又不大理會她，說了一聲後，也不管她走不走，就自己邁步出去了。管理員檢查了一遍後就放他走了。

周宣出去到電梯口，然後對張蕾道：「到大廳裏後，你等我一下，我有事請教代局長，然後跟你去辦事。」

「辦事？辦什麼事？」張蕾皺了皺眉，也不知道周宣要辦什麼事，不過心裏有些不高興，憑什麼自己就要聽他的？爲什麼不是他聽我的？照理說，自己是先到的，怎麼也有個先來後到吧？

不管張蕾高不高興，周宣都不再理她，獨自往傅遠山的辦公室走去。張蕾生氣也沒用，代局長那兒可不是能任由她胡來的地方，只能在大廳中氣呼呼等候著。

周宣是跟傅遠山有私話要說，自然不能讓張蕾再跟著，只是張蕾卻誤以爲周宣想在代局長面前邀功討好，但又很奇怪，以周宣如此低階的菜鳥員警，傅遠山這個高高在上的代局長又怎麼會接見他？

難道周宣是這個代局長的親信？張蕾覺得周宣的秘密越來越吸引她了，再想到周宣那神秘又驚人的身手……以他這麼驚人的身手，怎麼會是一個低級別的員警呢？

周宣在傅遠山門上敲了敲，聽到傅遠山叫「進來」後，當即伸手推開門進去。再把門反鎖了，這才笑笑著走到沙發邊坐下來。

傅遠山正皺著眉頭看檔案，來到這裏的半天時間，他面臨著巨大的難題，難以展開。

傅遠山本身絕對是一個能力極強的人，但他能力再強，也沒有周宣的異能強。某些案子不是能力強就能破案的，因爲線索都斷了，沒有證據，沒有頭緒，就如同一個大力士面對一個掉在湖中的巨大氣球，氣球雖然輕，但卻無從下手。

周宣坐下後笑了笑，說道：

「大哥，放心吧，這回包你把那些競爭局長位置的對手驚得一愣一愣的，我先挑了十一宗時間比較近的案子，但只有七宗案子有線索，有四宗一點線索都沒有，如果要破案，還得從別的地方想法子。不過，就這幾件來說，卻已足夠讓你度過難關了。魏書記那兒給的是三天，嘿嘿，這七宗案子，我看只要今天便能破了。線索我都記在這個本子上了，後面調度人手去抓人的事，就是大哥你的事了。」

傅遠山把周宣遞給他的本子接過去，翻開來仔細看了起來。

周宣記得很是詳細，凶犯行兇的時間地點，以及當時所住的地方，還有與兇手接觸過的人，包括那些人接觸過的地方，凡是與案子有關的情形，周宣都記了下來，與案子無關的影像都給他過濾掉了。

傅遠山看了一會兒，緊皺的眉頭便鬆開了，到後面，甚至看得呵呵笑了起來。周宣這個本子記得十分詳細，簡直就是把凶犯住的地方直接指給他看了。而且，凶犯的行兇過程和其他證物證據都詳細記了下來，差不多只需要現在派人到這些地方把人抓起來就行了。

這就是所謂的經過無數層專家過濾後，破不了的大案要案？

傅遠山任代局長，其實是魏海河的一步棋子，需要傅遠山靠周宣的協助，把城裏的公安系統拿到手中。按照常理來說，傅遠山在風口浪尖上來到市局，危險度是可想而知的，即使是市裡魏海河那些最強勁的對手也認爲，魏海河這是走了一步極險的險棋。

但險不險，還得看最後的結果，周宣這一步妙棋，可是魏海河的對手們無論如何都想不到的。就算某些人知道周宣是傅遠山安插進來的親信，但又怎麼樣呢？他們誰也不知道周宣有那麼奇異的能力，以爲傅遠山就是安插再多的親信，對面臨的難關也是於事無補。關鍵是傅遠山現在面臨的問題不是手中多幾個人手就能解決的。

要說人手，之前分局、市局，以及部裏的刑偵專家們，那人手還少嗎？這可是那些專家們都破不了而留下來的案子，傅遠山安插幾個親信又有什麼用？再說，傅遠山安插的人手又不是什麼要位，對他的幫助應該也不大。但周宣的異能遠不是他們能想像得到的。

傅遠山此時越看越高興，越看越是笑容滿面，如果這個本子是別人給他的，他肯定不會相信，但周宣的能力他十分清楚，不用去想爲什麼會這麼奇特不可思議，周宣就是有這個能力。

周宣雖然說了挑了十一宗案子，只有七宗案子有線索，不過就憑這七宗案子，傅遠山就能名震京師。要是他今天宣布即時行動，那到不了明天，就在今天晚上，城裏上上下下的公安系統中，就沒有一個不知道傅遠山的能力之強了。

這些案子，如若傅遠山能在代任幾天內破獲一件出來，那也能交代過去了，這些案子畢竟是經過了無數專家過濾過的，能破一件已經是很了不起的事，只要能破一件，雖然不能說魏海河的這步棋就穩了，但至少也算是可以拿到常委會上作爲籌碼的一個條件。別的人也不可能說什麼，事實擺在面前嘛，魏海河可不是任人唯親，而是以能力說話的，要是沒有能力，就算是他的親老子，他也不會同意，當然，這只是他能說的話。

傅遠山看完之後，又再沉思了一陣，然後抬眼瞧著周宣，沉聲問道：

「兄弟，你說怎麼行動才好？」

周宣笑笑道：「老哥，這可是你立威拉攏人心的關鍵時候，你來這裏代任，雖然是最高的行政長官，但我看可沒幾個人服你，根基不牢，人心不穩，正是要你強勢立威的時候。一個單位，只要有強勢的，就肯定有弱勢的，老哥你只要把不佔優勢、長期被欺壓的人手召集起來，再下封口令，並且許下重獎，讓這些人去抓捕，立下一功，這樣的話，他們幾乎就算是跟你同進同退了。大家立了功，首功自然還是在老哥你的身上，而他們也因爲立了功而能跟你靠近，之後，你就可以名正言順當個最高長官了，其他事怎麼進行，你是老經驗，我不內行，我就不教你了吧。」

「呵呵呵。」傅遠山忍不住笑了起來，伸了伸大拇指。

周宣說的這些，傅遠山當然明白。一朝天子一朝臣，這是哪個一把手都會幹的事，把手底下的人換成自己的人馬，辦事才有力度。看來周宣雖然不在官場內，但他的能力和悟性卻真是不錯，不進官場倒真是可惜了。

傅遠山想了想，然後又問道：「老弟，你自己呢，要不要一起行動？」

周宣笑笑，點點頭道：

「我不跟你們一起行動，我還是跟那個花瓶張蕾一起吧。我已經挑了連環殺人的案子。這個兇手不是普通人，是一個精通槍械，而且武技極爲了得的人，如果老哥你安排人手，員警出動，就算換了便衣，人手一多，也極有可能露出形跡，之後就算可以抓到兇手，只怕也會有損傷。這個人，我看還是由我去吧，我有把握在五十米以內就把他擒住，這樣就可以免掉很多危險。在這個時候，大哥你可是不僅要能破案，而且還要以最小的代價破案才行啊，否則就算破了案子，但屬下要是死傷無數，那也是得不償失啊。」

傅遠山眼睛一瞇，呵呵笑道：「好，就依你的，你管那個案子，剩下六個案子的抓捕行動由我來安排指揮。」

傅遠山雖說只指揮那六個案子，但行動過後，所有案子的功勞其實都還是在他頭上，周宣即使抓到了人，報告上自然也要說是傅遠山的安排指揮，一切都是傅遠山指定安排好的，他只是執行命令而已。

傅遠山又沉吟了一陣子，接著說道：「這樣吧，我馬上召開一個緊急會議，當然，人選我也已經有定數了。今天來了大半天，在局裏受排擠的人，大致上我也弄清楚了，就用他們。不過，這些人長期受排擠，能不能完全依附我，還是個未知數，但我敢肯定，只要今天的任務一成功，他們立馬就會鐵了心跟著我了。」

傅遠山一邊說，一邊又尋思著，依照魏海河的計算，只要周宣的記錄完全成功，那魏海河的計算也就算是成功了，而自己任市局局長的事幾乎就是板上釘釘了。

因爲周宣的關係，傅遠山從一個地方官升任副廳後，曾經認爲那就是幸運的極點了，但現在卻清楚地意識到，只要今天的任務一成功，他的級別馬上就可以升到正廳了。

說起來，就是坐火箭的速度也不爲過。傅遠山可從來沒這樣想過，但事實就是這樣。他的確是看得見摸得著這個正廳級的位子的，而且，只要他以後沉穩行事，又有周宣幫忙，加上魏海河撐腰，那踏入市裡升任政法委書記，乃至進入常委會，這些都不只是夢想了。

傅遠山今年才五十歲，退休起碼還有十年的時間，如果以這樣的速度，看來退下去之前

任到部級大員也不是不可能的事情。

想到激動處，傅遠山狠狠一拍大腿，拿了電話通知下屬們到小會議室開緊急會議。

周宣正準備出去，然後帶張蕾去抓捕凶犯，傅遠山擺擺手道：

「兄弟，你也別走，一起開會。你的任務我不明說，但在會議上公開露露面，可以讓他們知道你就是我的人，不用遮遮掩掩的。而且任務完成後，局裏所有人也不會再搞三搞四地說閒話了，要說閒話，老子就讓他破案子去，破不了就別在這兒嘰嘰歪歪的。老子只以能力和結果說話。」

傅遠山這幾句話說得很狠，但臉上的表情卻是喜氣洋洋的，有周宣這個強手頂住，他就沒有什麼不放心的了。

周宣笑了笑，沒再說話，就當是默認了。傅遠山破了案子，後面要動作的地方還多著呢，並不是他破了案子後，實任了局長，根基立刻就牢固了，路還遠著呢。

要把市局完全掌控住，對傅遠山來講不是一件容易事，而市局是統管城裏公安戰線，各方面的派系勢力分化，遠比他之前一個分局來得複雜得多。

在體制中，一個局級幹部要突破局限到副廳已經是很難了，有些人窮其一生之力，到退下來時仍然是個局級，與副廳級只是一窗之隔，但就是過不了；而有的就算過了這一層，但副廳與正廳還是差了一個級別，雖然看來很接近，但這個級別就如同一座大山一般，要翻過去可就太難了。

副廳是一道門坎，而正廳更是一道無法逾越的鴻溝。踏入正廳，就表示真正進入了權力中心，雖然距離上層還是有極大的距離，但踏入這個圈子，就表示踏進了權力巔峰的入門處。就像之前讀的是小學中學，而正廳就像是一所高中，進入大學的門檻是必須要經過這個地方，是進入大學的唯一途徑，但這並不表示你就一定能進入大學了，能不能到達那個地方，之後還得看個人的能力和機遇，但能進入到這一層，起碼離夢幻之境又近了一步。

傅遠山通知了下屬後，又瞧了瞧摸頭掐臉等候著的周宣，不禁笑了笑。這個像自己兄弟一般的朋友，確實給了他極大的驚喜，可以說，若是沒有周宣的話，他這一生也許就是局級終老了，連一個副廳都踏不破。要不是有周宣，那個副廳的位置無論如何也是輪不到他的，這一點，傅遠山很清楚。這不是僥倖，而是事實。沒有周宣的幫忙，他到現在還在分局任局長。

傅遠山是臨時代任局長，因時間關係，也沒有專職秘書，只是從辦公室抽調了一名管資料的幹警臨時代理一下。

此外，傅遠山挑出來的幾乎都是副科以及科級幹部，而市局裏的副局長，級別都是副廳級，在局長赴任後，幾乎都分擔了市局的權力真空，私下裏自然也都跟老上級緊鑼密鼓行動

著，而最終到底把不把握得住這次機會，就要看各人的鬥法和後臺的強硬程度了。

而傅遠山雖然背後站著的是魏海河這個市委書記，但實際上，他的境況是最危險的，也是最不牢靠的。因爲魏海河在常委會上有言在先，提傅遠山代任，是因爲他的個人能力，但代任就是代任，之後的實際派任，還是要經過常委會的決定，這就要看傅遠山在這短短的時間中能不能取得常委們的信服。

當然，信服只是一種說法，這些常委們都有自己的人馬，在所有的單位中，公安局局長的級別要比其他單位局長的級別更高一籌。這個位置，幾乎是市裡下屬單位最重要的熱門單位，抓到手中，幾乎就是擁有了行動指揮權。只要做得出色的話，還能進一步深入高層核心，那在市委中就又多了一份發言權，這樣的事，這些大佬們，又有誰不想呢？

魏海河雖然踏入了市委書記這個職務，但這一年來，到底是因爲城裏勢力分化，派系眾多，個人能力再強也展不開手腳，做什麼事都能給鉗制住，一把手行使不了一把手的權力，自然是很窩火的事，所以基本上也沒做出什麼成績來。如果不是他能力超強，背後還有老爺子和老李這些背景頂著，在城裏，魏海河已經走不開走不動了。以這樣的形勢下去，被逼出市委書記的座位已經不遠了。

這一次剛好遇到這樣的機會，魏海河又清楚周宣的能力，索性走了這一步險棋，不成功便成仁，如果這一步走輸，他在市委裏的聲譽威信就會進一步降低，在常委中就更難展開手腳，敗走是肯定的了。

當然，雖說是險棋，其實他還是得到了老爺子的默許。有周宣幫傅遠山頂住，這一步棋一走通，那就是全局走活了，而這一切的關鍵，自然就都落在了周宣頭上。

傅遠山雖然只是看了周宣的本子，這還只是一個設想，到底案子能不能破，會不會破，都還是未知數，但基於對周宣能力的信任，傅遠山已經看到了勝利的曙光就在眼前了。

在第二間小會議室裏面，傅遠山集結了十九名科級幹部，基本上都是不被局領導重用，受到排擠的人，傅遠山把他們叫來，他們心裏也都是猜疑不定，但能明白的就是，傅遠山肯定是想拉攏他們，這個是不會錯的。

但他們也都有這樣的想法。傅遠山來局裏代任局長，差不多就是個過渡代理的份兒，這事他們都跟明鏡一般。傅遠山要在這麼短的時間裏讓上頭無話可說，除非是神仙才能辦得到。因爲要做到那樣，就只有一個辦法，就是破案。而且是破那些被積攢下來破不了的重大案件，以事實成績說話。但要做到這樣的成績，何其困難呢？

所以，在會議室，這十九個人都不出聲，只是看傅遠山是什麼意圖。而另外兩個閒人則是周宣和張蕾，這兩個人都是無官級的人，這讓那些幹部很不爽。

傅遠山當然明白，不過他倒是一點也不慌張，慢條斯理地說道：

「嗯，大家都到齊了吧，到齊了，我就開門見山的說重點。先說第一點，就是大家到這裏，想必也明白，那就是我想拉攏各位，一起辦一件實事、大事。不過在我安排大家之前，有誰不願意，或者害怕跟了我以後會被別人排擠的，可以退出，我保證絕對自由，不會遭到任何打擊報復。留下或者是退出，都是你們的自由，由你們自己考慮。現在，大家表態吧，願意留下的就留下，不願意的請離開。」

傅遠山的話，可是把這些人搞得迷茫起來，看著傅遠山的表情可不像是隨便亂說的，那沉著冷靜的態度，絕不像是一個只會幹三天局長的樣子。

不過，他們幾乎都是長期受排擠的對象，被排擠也就罷了，只要有碗飯吃，老老實實地待到退休就可以了，但要是跟著傅遠山這麼一鬧，以後萬一上臺的局長是其他的副局長，以後的日子只怕就更難過了。

當然，只有一個結果可以讓他們擺脫這樣的困境，那就是傅遠山能脫掉那個「代」字，變成實任的局長，那他們可就是傅遠山的功臣了，以後自然就好處多多，一朝天子一朝臣，任誰都是懂的。

但關鍵是，傅遠山代理局長的時間，也就是這幾天，幾天一過去，他就會被打回原處，搞不好原處的位置也不屬於他了，那個時候，魏海河自顧不暇，又何來閒工夫管他們？

傅遠山眼睛掃了一下這些人，看他們個個都在猶豫著，心裏頓時又有些著急起來。他再能幹，周宣安排得再好，總不能他一個光杆司令去把嫌疑犯抓回來吧？

當然，傅遠山還有一個辦法，就是從自己原來的地方抽調自己的親信完成這件事，但這又有些不合規矩，人倒是好調派，但任務完成後，他卻不可能把手下都調到市局來任職。要真想把位置坐穩，還是得從市局裏的人手中升任副手，而目前這些受排擠的幹部，其實就是最好的人選，關鍵是目前這一步，得讓他們信任自己。

傅遠山看了看眾人，然後又瞧了瞧周宣，看到周宣在默默微笑時，心裏突然就安定了許多。以前周宣做出的那些不可思議的事情，他又不是沒見過，現在的情況跟那時沒什麼區別，唯一有壓力的是，那時是他獨自一人信任周宣，而現在則多了個魏海河。

也可以說，現在的一切，都是爲了實現魏海河的計畫，他們的關係已經是一榮俱榮、一衰俱衰了。

雖然是利益關係將他們綁在了一起，但說到底，在他們之間還是感情更重於利益，所以，如果有人想分化瓦解他們這個圈子，基本上是絕不可能的。

「既然大家都沒有什麼意見，那我就先說明一下。」傅遠山心裏安定下來，沉沉地說道：「在此之前，我還是再問一次，有誰要退出的？還有最後一次機會。」

傅遠山說完，目光炯炯地盯著會議室中的人。眾人都靜了下來，相互看了看，有兩個人站起身來，先是對傅遠山點頭表示了一下歉意，然後走出會議室。

傅遠山雖然對將要做的事極有把握，但如果市局真的沒有人願意支持他，一點民意也拿不到，還是很讓他不爽的。

周宣一想到自己替傅遠山出的這個計策，要他拉攏在市局不得勢的幹部，然後一舉利用這次破案的良機掌控整個市局，不過現在看來，這些不得勢的幹部可能是因爲長期被打壓，早已失去了信任和熱情，又加上傅遠山的形勢大家都看在眼裏，覺得眼前是毫無生機的路子，走下去只是死路，所以眾人心裏早就亂成一團，心裏都在暗暗罵著，有好處的事，能出頭的事，什麼時候落到過自己頭上，還不是早就被搶走了？

關鍵是大家都覺得，傅遠山這條路就是一條不歸路，幾天之後，傅遠山便會敗退走人。他走了就走了，但他們還是要留下來的。本來就是被打壓的人，如果這一次又站錯了邊跟錯了人，市局的幾個副局長，無論誰上臺，對他們都只會繼續施以打壓，所以，目前被傅遠山請來的這些人，心裏都不準備跟傅遠山幹事。

周宣看到有兩個人起身離開後，剩下的十七個人也都撐腰撐腿的準備起身，傅遠山就有些急了，然而，情況卻突然發生了變化，這十七個人在動了一下後，卻又坐了回去，然後就一動不動地等著。

傅遠山一看剩下的十七個人都不走了，看來還是有支持他的人，心裡好受了許多，馬上就說道：

「好，既然還有十七位同志願意與我一起把工作推動下去，那我也就跟大家交個心：今天，我是準備很充分的，我已經查出了幾樁案子的來龍去脈，現在跟大家開這個會，其實就是讓大家把這幾樁案子的嫌犯抓回來。在此之前，我還有一點要向大家聲明的，就是這幾樁案子，如果抓錯人或者出現任何問題，一切後果都由我個人承擔。我將與各位簽訂書面的合約書，如果事情成功了，功勞將有各位的一份，我絕不獨占。如果可能，我很希望能與各位把市局搞得紅紅火火，業績不斷飆升，不知各位意下如何？」

傅遠山自然不知道，剛才這些人其實是正準備離開的。在傅遠山提問的時候，他們差不多全都選擇了離開，而周宣看到情勢危急，當即想也不想就用冰氣異能將這十七個人凍結起來，但只凍結了他們的行動能力，思維和聽視等能力仍然存在，所以後來傅遠山說的那些話，他們都聽得清清楚楚的。

周宣做得十分巧妙，這一瞬間，這十七個人只覺得好像忽然抽風一樣，一股冷氣在身體中抽搐了一下，身體就忽然麻住了，等到傅遠山把話說完後，他們的行動能力才又忽然間恢復過來。這讓他們根本就沒想到是有別的原因，以爲是自己身體抽筋的緣故，過一會兒自然就好了。結果，傅遠山誤以爲他們都是自願留下來的。

這十七個人一聽到傅遠山那麼有把握的話，心思又活動了起來，心想：這一下抽筋倒是抽得好，如果傅遠山真那麼有把握，那也未嘗不是他們的一次機遇。如果真能成功，他們就

成了傅遠山的開國功臣，前程自然一片光明了。

還有一點就是，傅遠山背後是魏海河，這可是市委書記，城裏台面上的第一人，不管他現在的處境如何，但他這個地位的人，背景關係自然是非同凡響了，既然是這麼有背景大來頭的人，那傅遠山逐鹿中原估計還是靠譜的。

# 第一〇三章

# 太歲頭上動土

如果是正規行動，又怎麼會只有兩個人來？
顯然是某些剛來的員警想在太歲頭上動土，找點油水外快罷了。
不過，他們來之前顯然沒弄明白，
這裡是一個他們動不得、更輪不到他們來動手的地方。

傅遠山把這些話說完，便問道：「大家沒有意見的話，那我就安排行動了。」

十七個人都沒有動作，看來都同意了傅遠山的想法。傅遠山見大家都沒反對，當即興奮地把行動安排說了出來。十七個人靜靜地聽候著傅遠山的安排，這時更是一句話都沒有。

傅遠山本就是極有能力的人，而且對警政工作又極為熟悉，所以安排起行動方案來，井井有條，讓十七個幹部個個服服貼貼的，在計畫和行動上找不出半點需要擔心和添補的地方。

這讓那十七個人心裏又放心了許多，對傅遠山的信任又加強了一些。

十七個人原則以三人一組，分成六組。其中一組只有兩個人，那一組就由傅遠山親自帶隊。

現在，人員安排妥當之後，傅遠山一擺手又吩咐道：

「現在大家馬上召集人手，每一組帶十名員警，帶齊裝備準備行動。」

十七個人加上周宣，張蕾，傅遠山三個人，剛好二十個人。有傅遠山的批條，眾人到武器裝備處各領了一支手槍和十發子彈。

周宣把手槍和子彈領到後，在領取單上簽完字，立刻把手槍和子彈收了起來。因為他不會用手槍，若是當著眾人的面擺弄的話，自然是會出洋相的。所以，他不動聲色地把手槍和子彈收起來。

十七個人很快便召集起人手，傅遠山擺手吩咐道：

「準備出發！各位行動一定要服從指揮，不允許出現任何意外，這一次，我們面對的這些凶犯都是極其兇惡的！」

這些凶嫌，其實只有周宣親自去抓的那一個才是最危險的，但這種危險對周宣來說，也不算什麼危險了，因爲周宣已經歷過太多大事，經驗又極其豐富，所以一點也不緊張。

廣場上已經召集到六十名員警。除了周宣和張蕾這一組外，其他組，每組都開了三輛普通牌照的車，基本上是兩輛小車和一輛可以關押運送犯人的專用車輛。而周宣那一組，張蕾開了一輛巡邏用的警車，這是唯一的例外，因爲沒有別的車了。

周宣倒無所謂，坐在張蕾的旁邊。

傅遠山揮了揮手，喝道：「出發！」大隊人馬當即浩浩蕩蕩開出市局大院。

出了市局，六個組便在傅遠山的安排下分開行動，一切行動保密，一切聽從指揮，而且行動的地點和行動的步驟安排，傅遠山都已經寫好條子，由每個組的組長臨場指示，執行命令的警員並不知情，他們只知道是在執行很重大的任務，不過看到這麼多人出發後即分散行動，心裏也有些詫異。

這麼多人雖然是同一時間出發，卻不是一起行動，難道傅遠山是帶人去掃黃打非抓賭？

這倒是極有可能，因爲想破大案的話，實在不大可能，因爲沉積下來的案子都是破不了

的陳年老案，傅遠山今天才剛到，不可能會有線索，唯一的可能，就是以掃黃打非等小案來贏得一些成績。

不過，這樣的行動反而不大靠譜，說實在的，哪個黃賭聚集的地方沒有背景關係？

看著前面的車輛各自分開行動，張蕾一邊開車，一邊側頭望著周宣問道：「我們要跟哪一隊？」

周宣笑笑，然後搖搖頭說道：「我們哪一隊也不跟，我們兩個是一組，也有一個任務。」

「我們也有一個任務？什麼任務？」張蕾詫問道，好像並沒有看到和聽到傅遠山給他們兩個人安排任務啊，難道他們這一組，周宣還真是無形的領導？

張蕾一直以爲她是占上風的，一切事情都由她來安排呢，不過想到周宣的身手如此神秘高強，他極有可能是傅遠山調來的秘密幫手。

也難怪，他雖然看起來是一副普普通通的樣子，但什麼事都很少搭理她，對她的美貌更是不理不睬。她可是市局的員工，說起來是他的前輩，先來後到的禮數也半點不懂，大概是自恃身分不同吧，否則絕不可能如此有底氣。

周宣淡淡一笑，隨手從口袋裏取出一張紙條來，上面寫著一件案宗的記錄。張蕾一看到這個案宗，立刻嚇了一跳。

這件案子是一宗連環殺人案，作案者兇殘無比，犯罪智慧又極高，每一次命案現場都沒有證據殘留，是以警方根本就沒有辦法破案。

這個案件甚至呈報到了公安部，也曾組成專案小組，但三個月後，這件案子仍然茫無頭緒，而凶犯似乎也知道警方展開大批人力查案，所以便如石沉大海一般，不再有一點動作，讓警方無從下手。

此案苦於沒有線索和破案方向，凶犯又沉寂起來，所以一直沒有辦法破案。

而對這件案子，張蕾是極有印象的。從案發現場的屍體來看，凶犯殺人的手法極其殘忍，讓見過的人能做好幾個月的噩夢，而且這些被害人都互不相識。

從各方面偵查的結果綜合起來後，可以得出一個結論，那就是，凶犯並不是針對這些人而來的，而是隨機隨興犯案，好像彩票機搖獎一樣，是隨機進行的，所以完全沒有半分線索可尋。

張蕾當初從新聞報導中見到過其中一個凶案現場，所以對這件案子的印象尤其深刻。但現在，周宣把這樁案子的名錄遞給她看是什麼意思？

「你什麼意思？不會是我們要執行的就是這個案子吧？」張蕾詫異地問道。

照說是不可能的，這件案子連專家都破不了，他們兩個能有什麼辦法？再說，即使派他

們破這個案子，只怕也是在這件案子的卷宗上打轉，白費工夫而已，肯定是沒辦法找到破案的線索的，而周宣只不過是到資料室翻閱了一下資料，然後記了個案宗名目，這樣就想破案了？

要是這樣就能破案，那不知道會有多少新出警校大門的學生都能驕傲地昂首向天做人了，何必在基層一步一步熬資歷？即使是熬資歷，一般人怕也只能是熬到頭髮白了。

周宣卻是當真點了點頭，說道：「我們兩個要辦的就是這個案子，而且現在不是破案，而是去抓捕這個兇犯。」

周宣這一句話一出，張蕾身子一顫，嚇了一跳，抓著方向盤的手也軟了，嘎的一聲，車子往邊上劃了一個彎，差一點撞在了路邊的欄杆上。幸好張蕾開車技術還不錯，下意識地使勁踩了剎車，這才把車停下來。

周宣往前一撲，差點沒一頭撞在車子的擋風玻璃上，也嚇了一跳，惱道：「你好好開車行不行？」

張蕾也忍不住惱道：「我怎麼不好好開車了？你這不是來嚇我嗎？什麼話不好說，偏要拿這個案子來嚇人，有你這麼嚇人的嗎？」

「你看我像撒謊嚇你嗎？」周宣哼了哼，然後盯著張蕾說道。

張蕾睜圓了漂亮的眼睛，好一會兒才醒悟過來，問道：

「你……你說的是真的？我們真是要破這個案子？」

周宣從差點撞車的驚嚇恢復過來，回答道：「我已經跟你說過了，我們不是要破這件案子，而是去抓捕這件案子的嫌疑犯。」

張蕾手又是一哆嗦，看周宣的表情還真不是說笑的，如果周宣說是上級派他們來破這件案子，那也還罷了，破不破得了由不得他們說了算，就當是在這件案子上混時間罷了。可真要破案，難度可就不是一般的難了。但現在，周宣卻偏偏說他們並不是奉命破案，而是奉命去抓捕這件案子的凶犯，這可比破案要危險千百倍了。

只是，張蕾奇怪的是，以這件案子的級別程度，破案需要成立層次極高的專案小組，肯定不是只有她和周宣兩個低階員警的破案小組，而且，假如上面已經破了案，那抓捕行動必定是由市局領導主持的大行動，說是傾全局之力也不為過，又怎麼會只有她和周宣兩個人而已？

一切都是那麼令人不可相信。

張蕾怎麼也想不通，又問道：「周宣，你給我說清楚，到底是怎麼回事？你今天的舉動越來越讓我搞不明白了。」

周宣攤了攤手說：「我也不明白，但這是傅局長安排的任務，該怎麼做就怎麼做，既然傅局長已經安排好行動方案，我們只需要照做就行了。你不用擔心，上級這麼安排，自然是

有道理的，絕不可能平空把你扔到危險當中去的。」

張蕾皺著眉頭想了想，還是覺得不能相信，但又找不出不執行的理由，也不清楚周宣說的抓捕是否屬實，便問道：「那我們到哪裡去抓捕這個嫌犯？」

「西區，京安大廈二樓健身房。」周宣隨口把自己探測到的結果告訴了張蕾。

張蕾見周宣說得輕鬆之極，不禁瞠目結舌，張圓了小嘴好半天說不出話來。有這麼輕鬆的事嗎？無數專家幹警都破不了的案子，怎麼在周宣嘴裏如同小孩扮家家酒一般輕鬆了？

張蕾知道，京安大廈這個地方，是城裏高檔的地區之一，京安大廈會所聚集的，差不多都是城裏十分有身分的人，非富則貴，要她和周宣兩個菜鳥去京安大廈會所搗亂，若惹惱了背後的富豪們，可就有苦果子吃了。

在張蕾看來，她跟周宣如果真要行動的話，就跟搗亂沒什麼區別。她十分懷疑周宣的這個消息來源是否正確，搞不好這只是傅遠山讓周宣去向京安會所背後的勢力傳遞「要錢」的消息吧？

反正傅遠山只有幾天在位時間，不如趁此機會能撈多少算多少，這個可能性反而是極大的。

張蕾尚在猶豫的時候，周宣已經催道：「趕緊開車，誤了事，你我都承擔不起責任。」

「去就去，少拿那些大帽子來壓人。」張蕾氣呼呼地發動了車子，心裏想著，我看你到了那裏又怎麼做戲！

京安大廈其實離周宣所住的宏城花園不過三里之遙，是西城區最繁華的地段之一，京安大廈的帝王會所，其實就是城裏富人貴人的聚集之地。

周宣提出要到這裏去時，張蕾就暗暗捏了一把汗，她雖然看起來大咧咧的，但並不是不懂人情世故的富家女。帝王會所背後的勢力，可不是周宣能想像得到的，要動那裏，只怕搞不好會引來很大的麻煩，說不定她跟周宣進得去就出不來了。

周宣可沒有心情去猜測張蕾的心思，他此時只想著，等一下到帝王會所後，要怎麼對兇犯動手。

那兇犯現在的身分是帝王會所中健身房裏的教練，他在會所時是一副模樣，而在兇案現場又是另一種模樣，任誰也想不到一個人的反差會有這麼大。而且，他是智慧型的罪犯，作案手法極其幹練，不留下絲毫的破綻，讓無數的專家幹警無可奈何。

周宣考慮到時候要怎樣在無形中先制住那個人，如何能在眾人面前不露痕跡，至於張蕾考慮的他們能不能安全走出來的問題，他根本就沒想過。

張蕾開著車，眼見離京安大廈越來越近了，公路兩邊的建築物越來越高檔豪華，心裏的壓力也越來越大。今天的行動當中，只有她跟周宣開的是有明顯員警標誌的警用車輛，如果

是普通車子，或許還不會受到太多的注意，但警用車輛到那裏後，肯定會引人注目。

還有最關鍵的一點，就是她跟周宣都還是一身警服，不像其他人早已換了便服。人手少，又是到豪華會所，而且要抓的還是一級凶犯，如果這個案子的凶犯是真的藏匿在帝王會所的話，那他們的危險就可想而知了。

周宣肯定是個菜鳥，張蕾氣呼呼地想著，要不他怎麼就不想一下，到那麼高檔的會所抓人，竟然都不帶搜查證和逮捕證呢？沒有這兩樣東西，人家是可以拒絕你進行搜捕和抓捕的。

那些地方的人又不是不懂法律的社會最低層的人，可以任由他們胡來而不反抗，若是沒有搜查證和逮捕證，以他們的勢力，就是把她和周宣打一頓，也不會有任何麻煩的。

離帝王會所還有一百米的距離時，張蕾將車速放得極慢，緩緩前行著。周宣指了指大廈樓下的位置，說道：「把車停那裏。」

張蕾哼了哼道：「你知不知道規矩？把車停到地下停車場裏，至少可以暫緩人家警惕的心思，還有啊，別說我沒有提早告訴你，我們能不能進得了人家的大門，還是一個未知數。」

周宣淡淡道：「善者不來，來者不善嘛，不讓我們進去，我們就打進去，把人抓到，不就什麼事都解決了？」

「吼……」張蕾忍不住倒抽一口涼氣。

這個周宣，口氣大得離譜，來這種地方，居然說不讓進去就打進去？就算你再能打，在這樣的地方也由不得你胡來。打著進去？只怕到時候反是人家把你打得動彈不得抬出來吧，也許就此丟了飯碗不說，還得背上刑事責任。

周宣看到張蕾猶豫的樣子，忍不住喝道：「你到底去不去？不去我一個人去，你下車，我來開車。」

張蕾臉色一沉，惱道：「你這人……真不知好歹，我這是提醒你，別闖了禍不自知，影響你的前程……」

「你是辦事還是考慮前程？難怪這些案子破不了，原來都是在顧頭顧尾的考慮前程，只想著鑽營拍馬的人，又如何能爲百姓做事？」

周宣知道張蕾的個性，索性拿話激她一下。

張蕾果然一下子就瞪眼怒了起來，把油門一踩，將車快速往帝王會所的大門口開去，一邊開一邊狠狠地道：

「好好好，我看你又怎麼樣爲老百姓辦事，我看你又是怎麼樣破案子的，今天由得你來，我就陪著你，反正你也沒把我當人……」

張蕾雖然是個女孩子，但激動起來，血性不輸於男子，被周宣一激，就什麼也不顧了，開著車猛往帝王會所大門衝去，「嘎」地一聲停在大門口，把門口的兩個保安嚇了一跳。

一看到是輛警車時，那兩個保安臉色頓時不太好看起來，手一揮，叫道：「幹什麼？有這樣停車的嗎？」

周宣打開車門，下車說道：「警方辦案，你們會所裡有嫌疑犯，我要進去抓人。」

周宣強硬的口氣頓時把兩個保安激怒了，其中一個掏出對講機通知上層管理者，另一個保安則伸手將周宣攔住，喝道：

「員警大啊？員警不得了了？我告訴你，在這兒，你連屁都算不上！誰給你權力來這裏搜查逮人的？在這裏，你們分局局長來這兒都不能說要搜就搜，你算老幾啊？」

果然是如此，也怪不得那兩個保安發火。分局局長倒是來過這裏，不過卻是來這裏享受的，警方可以說極少踏足這個地方。一般來說，他們這兒基本上是不會發生什麼事

會所的保安部早就被通知過，一切搗亂的行為均可以打出去，有什麼後果，公司自會承擔，就算是警察也一樣。這自然讓會所的保安囂張的不得了，以為天底下，就他們的後臺老闆最大。

張蕾下了車後一言不發，她就是要看看周宣如何應付這一關，要是連進都進不去，又如

何談抓人？再說，像這樣大鬧特鬧的，鬧到人盡皆知，就算真有凶犯藏在這兒，你也抓不到吧？

何況他們才兩個人，這偌大一個會所，上上下下，將近超過千坪的面積，房間多不勝數，就算你挨著一間一間搜查，半天也查不完。就算由得你查，只怕你查這兒，凶犯從那兒早就偷溜走了。

周宣伸手一推，把那個保安推到一旁，然後邁步就往裏走。此時，他的異能早凝成束往內裏探測不停了。

那個保安愣了一下，沒想到周宣竟然敢動手推開他往裏硬撞，他還未曾遇到過這樣的情況，一下子有些不知所措。

另一名保安剛跟上層通過話，趕緊把情形急急彙報上去，得到的指令是「沒有搜查證，沒有逮捕證，不認識的低階警察，只管打出去！下手狠一些，後果由公司負。」

那保安當即對另一名保安一揮手，叫道：「經理說了，只管往狠裏打，有事公司負責。」

那名保安一聽，想也不想，就到保安亭裏抽出兩根一米多長的鋼管出來，一根扔給同伴，自己也持了一根，照著周宣劈頭蓋臉就是一棍打下。

周宣哪由得他們行兇？冰氣異能無形運出，將兩個保安凍結住，在兩個保安剛剛失力的

那一瞬間，周宣便伸手將鋼管奪了過來，在兩人大腿上各自狠狠一棍，罵道：「無法無天了。」

兩名保安慘叫一聲，頓時滾倒在地。周宣沒有鬆開他們的禁制，讓他們既不能動彈，又感覺到腿上被揍的疼痛。

周宣這一棍雖然沒有將他們的腿打斷，但力道很重，大腿骨怕是受了不輕的傷，倒在地上後，腿上的疼痛刺骨，可偏偏全身上下又都不能動彈，他們一時又痛又怕，嚇得大叫起來。

張蕾看到周宣真的動手打人了，正如他說的，撞不進去就打進去，看來這次是真要打進去了，於是也不敢愣神，趕緊拔腿跟了進去。

會所的保安部早得到了那個保安的通知，也從對講機裏聽到了這裏發生的情形，頓時如同炸了窩一般亂了起來，會所開到現在，可從來都沒遇見過這樣的情況。保安部的人一邊通知會所所有保安趕緊過來捉人，一邊又急急地往更上層彙報情況。

周宣大踏步到了會所裡間。大廳中間是櫃臺，裡面有四五個靚麗的女子，左側有一個室內游泳池，裏邊有兩個女子和一個小孩在游泳。

這裏只是會所的最外層，裏面還有許多設施。周宣的異能探測到，健身房在二樓右側靠裏處，裏面面積至少有一千平方以上，各種高檔的健身器具一應俱全。

此時，健身房裏的男男女女至少有五六十人。周宣異能探測了一下，心裏一喜，他要找的那個凶犯就在健身房裏，正與一個三十多歲的女子交談著。

周宣當即用異能鎖定住這個人，將異能凝成束對著他，徑直往二樓的樓梯上走去。

櫃臺的服務人員此時也接到了保安部打過來的電話，趕緊把這裏的情況彙報過去。緊接著，十多個保安先後拿著鋼管鐵條衝了進來，把在池子裏游泳的女人孩子嚇得要命，蹲在水中不敢動彈。

張蕾也嚇了一跳，趕緊把槍掏了出來，緊張地叫道：「站住，不准過來，我們是員警，執行任務！」

衝過來的保安們一看到張蕾掏出了手槍，在一霎時停了下來。

手槍的威懾力是不用講的，其中一個似乎是領頭的人叫道：

「兄弟們，別怕，她敢開槍？她開槍就完了！不過，她就算不開槍也完了！老闆發過話了，開打！打完每人發一萬塊獎金，現領！」

重賞之下自有勇夫。十幾個保安停滯了片刻，然後齊齊發一聲喊，揚起鋼管鐵條又衝了過來。而裡間的通道上，又陸陸續續衝進來二十多個保安，甚至還有人提著砍刀進來，看來老闆是真的發話了。

事情的確如此。會所老闆聯繫分局和市局，都沒得到官方行動的消息，因為傅遠山的行

動根本就沒有通知任何人，這只是傅遠山管轄範圍內的一次單獨行動，本就避開了市局其他官員，而且，此次傅遠山調動的警力又都是市局的邊緣人物，在市局裏歷來都沒受到過重用的人員，所以傅遠山的行動，對全市的員警系統來說，完全是一次秘密行動。

既然官方管道沒有發布消息，那這一次行動顯然就不是正規行動了。再說，如果是正規行動，又怎麼會只有兩個人來？顯然是某些剛來的員警想在太歲頭上動土，找點油水外快罷了。不過，他們來之前顯然沒弄明白，這裡是一個他們動不得、更輪不到他們來動手的地方。

# 第一〇四章

# 藝高人膽大

數十個人在一剎那間幾乎同時被他點了穴，這實在不可思議。
看來，別說是這幾十個人，就算是來的再多幾倍，
以周宣這樣的身手，恐怕都不是難事了。
難怪周宣會有那麼大口氣，還真是藝高人膽大啊。

就在這時候，數十個保安揮舞著鋼管鐵棍惡狠狠地向周宣奔過來。張蕾這時嚇得花容失色，就算她再膽大，面對著這麼多逼上來要打人的凶徒，便是一人伸一根手指頭，也能把他們兩個擠成肉泥了。

此時就算再危險，張蕾也不敢開槍。因為她知道，只要這一槍開出去，那後果就不堪設想了，或許還會連累到她的父母親人，所以，她一雙手顫抖得十分厲害，雖握著手槍卻不敢開。

眼見數十人兇狠地撲了過來，鐵棍鋪天蓋地就砸過來了，張蕾嚇得閉了眼，伸手在頭上一擋，滿以為這一下左手都會給打斷，正準備忍受疼痛時，良久也沒等到手上的劇痛傳來，而且好像也沒有鐵棍子打到手上，呆了呆，然後才鬆開手睜眼看了一下。

這一看，不禁讓張蕾張口結舌，驚得無法形容，數十個保安竟然全部如泥雕塑像一般站在當場，舉棍的舉棍，砸的砸，姿勢各異，尤其是臉上兇狠的表情，一絲未變。

呆了一會兒，張蕾才忽然醒悟，周宣不是會神秘的點穴術嗎？看來這數十個保安都被他給點住了。

只是張蕾有些不敢相信，她雖知道周宣會高深的武術，點穴術無法形容的厲害，但在市局的訓練室中，圍攻周宣的人只有朱傑等九個人，算起來人雖多，但圍在周宣身邊，看得很清楚，說周宣手法迅速也有可能；但現在場中的這些保安，並不是規則的呈圓形圍攻周宣，而是亂七八糟，裏三層外三層包圍著，如果周宣只是站在中間沒有動，就算手法再快，也不可能連圍攻他那一群人後面的人都點得到吧？

張蕾自然不知道，周宣的異能發揮之下，四周五十米以內的人獸或者其他的一切東西，都掌控在周宣的手中，只要他想，即使把他們化得乾乾淨淨，讓他們在這個世界上消失不見，對周宣來說，也不是什麼難事。

張蕾儘管沒有看清楚，但知道這肯定是周宣神奇的點穴術又建功了。她知道他很厲害，卻怎麼也沒想到會厲害到這個程度。

數十個人在一剎那間幾乎同時被他點了穴，這實在不可思議。看來，別說是這幾十個人，就算是來得再多幾倍，以周宣這樣的身手，恐怕都不是難事了。難怪周宣會有那麼大口氣，還真是藝高人膽大啊。

看起來，他們兩個人的安全倒是沒有問題了，至於以後會受什麼樣的處罰，暫時就不管了，還是先顧好眼前再說吧，至少保住他們兩個人不受傷就是萬幸了，能不能抓到周宣所說的人犯，那就不一定了。但可以肯定的一件事情是，這一次，周宣和自己肯定跟帝王會所的幕後老板結上怨了。

張蕾不知道現在該不該提醒周宣，但周宣絲毫不理其他事，異能凍結住衝進來圍攻他的保安後，當即拳打腳踢地把擋住身前去路的保安們推倒，然後踩著他們的身體繼續走過去。

張蕾看到周宣如此厲害冷靜，心裏也折服了，難怪說高人就是不同一般人，開始認爲的奇怪表現，以及周宣那些聽起來很囂張的話，現在看來，也算是很正常了。既然人家的身手這麼厲害，那說話囂張一些也不爲過，至少人家說的都是實話。

張蕾甚至連手槍都收了起來，放回腰間裏的槍套裏，緊緊跟著周宣奔過去。反正周宣有這麼厲害的身手，她的手槍就成了無用的裝飾。像周宣這樣兵不血刃地解決掉對方，其實才是最好的方法。

周宣有異能探測，牢牢鎖定著那名兇手的位置，上樓後，就按著最近的方向道路過去。面對無數的岔路走道，周宣沒有半分猶豫，想也不想就挑了路進去，那熟悉程度，讓跟在後面的張蕾以爲周宣在這裏做過多年的臥底，絕無可能是第一次來的。

周宣走過大廳，推開健身房的門後，裏面的人正在各自健身談話，沒有任何人注意到他。健身房裏到處是健身設備器具，周宣抬眼望向異能探測到的位置，那個兇手正在離他二十五米外的地方，正揩油地跟一名富婆交談，但一側眼間見到身著警服的周宣和張蕾走進來，並且看見周宣一直盯著他，徑直向他走過來。

那個凶犯身材高大，從穿著的黑背心裏露出來的肌肉上看，他極爲孔武有力，在看到周宣的目光和來意後，隨即目露凶光地一把將與他交談著的女子擰到胸前，用手卡著她的脖子說道：「站住，不准過來，再過來我就擰斷她的脖子。」

那女子被嚇得一時連話都說不出來，而且不明白的是，這個健身教練剛剛還十分和善的，怎麼忽然就變了臉？

張蕾一看，雖然她不敢肯定這人是不是那宗案子的兇手，但這個人一看到她和周宣的員警制服，馬上便動手行兇，肯定是有案在身的人，否則不會這麼激動。要知道，在員警面前挾持人質行兇，那罪名可是不輕的，比搶劫要重得多。

張蕾當即身子一躬，立即又把手槍掏出來，把槍口對準了那個健身教練，喊道：「放開人質，馬上投降。」

周宣哼了哼，這不是廢話嗎？他最瞧不起的，便是警察一遇到凶犯在現場這般叫喊，當真是自欺欺人。要是自己是凶犯，就算是死也不會理這些話。而且有些凶犯，你越是這樣說，越能激怒他們，還會起反作用。

果然，那個健身教練二話不說，手指更緊了些，掐得那個女子幾乎喘不過氣來，臉都脹紅了，張蕾可以預見，就算她能一槍打死那個兇手，但那個兇手也可以在一瞬間把那女子的脖子扭斷，這個賭可是賭不得。

張蕾進退兩難的時候，周宣卻是毫不猶豫地往前走，那凶犯叫道：

「叫你站住，你沒聽見嗎？你再走一步，老子就扭斷她的脖子。」

周宣腳步不停，眼中儘是嘲諷的眼神，冷冷道：「那你扭吧，我倒要瞧瞧你要怎麼扭她的脖子。」

那凶犯頓時愣了一下，而是周宣這樣的表現也太奇怪了。通常這種情況下，沒有一個員警不會收手退後，等兇手停下來，即使想做掉兇手，那也得等找到新的機會，而不會在這個時候就選擇激怒兇手。

其實那兇手也不知道周宣和張蕾來到底是不是爲了他，但作賊心虛，因爲他犯了那麼多的大案子，心裏早就明白，只要被抓到的話，必死無疑。所以，不管警方是不是衝著他來的，乾脆先發難。直到見周宣目光自一進這個健身房就只盯著他，所以確定了警方是衝著他來的。

見周宣毫不理會他的警告，那兇手愣了一下，隨即表情一狠，準備下狠手把那女子的脖子擰斷，但念頭一起時，馬上發覺到一雙手好像被打了麻藥一般而使不出力氣，那凶犯心裏一沉，這個時候，他的手怎麼不聽話起來?這不是讓他繳械嗎?

此刻，他絕不能顯露出自己的手使不出力氣了，裝也得繼續裝著，讓對面走過來的警方有所顧忌。但那個男員警似乎知道他的底細一般，從頭到尾都沒有停下來，仍一直朝他走來，絲毫沒有顧忌。

這讓凶犯十分疑惑，急切中大聲喝道：「他媽的，給老子停步，你要是再走半步，老子立即把她的脖子扭了，你信不信？」

但周宣臉色絲毫不變，甚至略帶冷笑的意味說道：「是嗎？我卻偏偏不信，我就是想看看你怎麼扭人家脖子呢。」

健身房裏的客人都嚇得不輕，這些人可都是有頭有臉的人，要錢要權都有，可誰也不敢拿命來試險。大家在現場看到不對勁，立刻偷偷往健身房外溜去。

所以，周宣上前的時候，健身房裏除了他們四個人外，早已空無一人了。所以周宣也才敢那麼無所顧忌。否則，如果還有別人在的話，對作爲一個穿著制服的員警來說，是不應該說那麼不負責任的話的，雖然周宣自己知道，人質的性命早在他的掌控之中，根本就沒有危險。

那凶徒一雙眼本來是睜得大大的，但周宣越逼越近，他的一雙眼倒是越瞇越小了，到後來，周宣離他只有一米的距離站定時，他的眼睛幾乎瞇成了一條縫。

周宣給他的震驚是無法形容的，因爲這時他忽然發現，自己不僅僅是一雙手不能動彈，而且連腳和身體也已經不能動彈了，唯一能活動的就只有他的眼睛和嘴巴，嘴巴似乎還能張開說話，眼珠子還能轉動，腦子還能思想。

這時，兇手終於明白到，他的身體並不是抽筋或者忽然失靈，肯定是受到對面這個員警的暗襲，只是他不明白，這個員警究竟是用了什麼樣的手法來暗算他。

以他多年的習武經歷以及六年的當兵經歷，幾乎可以讓全身的每一個地方，甚至是毛髮都可以去感覺到對方的襲擊，但周宣的襲擊，他卻是沒有半分知覺。這個站在他對面的員警，到底是用了什麼手法，什麼暗器呢？

那凶犯此時雖然面相兇狠，滿臉煞氣，但實際上，他的行動自由已經被周宣完全控制住了，只是這個情況除了他自己和周宣兩個人外，就再沒有其他人知道了。

那凶犯自己當然是說不出來的，滿腦子都是驚疑，而周宣此時卻對張蕾說道：「張蕾，拿手銬銬人。」

張蕾一怔，心想：你一個大男人不上去，卻把她一個女孩子推到凶犯面前，羞也不羞？又瞧了瞧那個凶犯，姿勢依舊，不過，那個被他控制的女子倒是不再尖叫大喊了。

周宣又說道：「張蕾，你有手銬吧？我可沒有那玩意兒。」

張蕾頓時氣惱得不得了，這個周宣，不知道到底是個什麼樣的人，有著神秘高超的身手，但有時候卻又如此貪生怕死，讓她一個女孩子上前跟凶犯對陣，這也太丟臉了吧。

不過，周宣似乎無所謂丟臉不丟臉，微笑著站在一旁觀看，就等著張蕾上前銬人了。張蕾咬牙切齒地走上前一步，眼睛盯著那凶犯，防止他馬上動手行兇，只要他有舉動，她可以趕緊停下來。

從那凶徒的表情眼神來看，他可不像是會乖乖聽話不動手的人。張蕾又怕他對自己不利，便試探著上前說道：「我勸你馬上停手，放開人質，減輕處罰。」

周宣聽到這個就好笑，這樣的凶徒，犯了那麼多重罪，你就是派一百個專家來勸誘也勸不了，越說這些，只怕是越讓那兇手兇狂。

但張蕾說了這話後，瞧著那兇手，兇手居然沒有任何進一步的表示，跟他之前的兇狠狀態相差實在太大了，張蕾反而有些疑惑，這兇手難道是外強中乾的傢伙？應該不會有這麼容易的事吧？

不過，張蕾又想到那個兇手的表現很反常，與他之前的舉動簡直是判若兩人，張蕾馬上便想到了周宣的神秘點穴術，難道又是周宣暗中制住了那個兇手？

張蕾一怔之下，又偷偷瞄了瞄周宣，周宣懶洋洋，一副無所謂的樣子，張蕾馬上明白，周宣是真的暗中已經點了那兇手的穴道了，否則他不會讓自己一個女孩子單獨上前對付那兇手，這樣一想，張蕾當即從腰間把手銬掏出來，謹慎地向那兇手伸了伸，但張蕾把手銬靠近兇手手腕時，那兇手也沒有反抗動作。

張蕾心中一喜，趕緊伸手把那女子抓住一拖，將她從那兇手手中拉過來，那兇手依然一動不動，張蕾在此時便知道，周宣確實已經把兇手控制住了。

張蕾剎那間膽子便大了起來，先是一腳踹到那兇手的腿彎處，把他踢得半跪在地，然後把他一雙手反扭到背後，隨即迅速銬起來。

那被控制住的人質被張蕾拉開後，縮到一邊直是發抖，不過總算慶幸脫離了那健身教練的控制。

張蕾毫不猶豫地再將那兇手放倒，將準備好的膠帶封住那兇手的嘴，再將手和腳又纏了十數圈。那兇手在這樣的束縛下，無論如何也是掙扎不開的了。

周宣笑了笑，張蕾也並不傻，在自己這方占盡上風時，不忘狠狠地出了一口惡氣。

周宣探測到，會所的人不知道從哪裡又調來了三四十個保安，周宣當即迎了上去，把第一個衝到的人凍結住，伸手把他的鋼管奪了過來，然後拿著鋼管東打西點，只要貼近他一米以內的人，立刻用冰氣異能凍結起來。

在外人的眼中，只見到周宣揮舞著鋼管，一棍就能點倒一個人，腳步不停，鋼管也揮動不停，張蕾在後面押著那兇手，眼睛卻只是盯著周宣，看到周宣的勁頭，不禁又驚又喜，這個周宣，真有些一步殺一人的勁頭，所向披靡，無人能擋。

其實周宣是故意這麼做的，一來是讓所有人都認爲他只是個武術高手，而不是用異能把所有人都放倒。這次過來的打手差不多有五十人，因爲人多，所以更是囂張大膽地湧進健身房中。但還沒走到門邊的時候，就已經全部給周宣打倒在地了。

張蕾在後面毫不猶豫地押著兇手，跟在周宣的身後出去。這時，她心裏已經再也沒半分害怕的念頭了。周宣實在是太厲害了，之前在市局對付朱傑一夥人的時候，她知道周宣很厲害，但一個人再厲害，也不可能對付得了數十個人吧，那樣的人，只可能生活在電影電視的幻想中，真實生活中是不可能會有的，但現在，周宣偏偏就是這麼厲害的人。

出了健身房，周宣提著棍子前行，這時還有不少人又趕過來，但見到前面的人都如死屍一般躺著後，就嚇得不敢上前動手了，退縮地靠到邊上，不敢阻擋周宣的鋒芒。

周宣不用看後面，異能探測得十分清楚，張蕾毫不費力地押著那個兇手跟在他後面，從二樓下到一樓後，一樓大廳中那些圍攻他而又被他點倒的那些人，此時都已經給搬離了大廳，大廳中的數十人都是後來又趕來的。

他們得到二樓健身房的消息，說是周宣已經毫不費力地把他們的人全打倒了，讓他們都無比恐慌。那麼多的人居然還不能夠擒住這一個人，這也太恐怖了！會所裏的男性工作人員，從上到下幾乎全部讓周宣一個人給打倒了，到現在，一個個的或躺或站在那兒不能動彈，剩下的差不多都是會所裏的高層管理了，而職位越高的人，似乎就越怕死，所以這些人一見到周宣提著棍子走出來，都不敢再上前了。

周宣差不多走到大廳的門口處，再踏幾步便會出了會所，這時，一個大約有四十歲左右、身材稍胖的男子走上前，對周宣沉聲說道：「你知道不知道這樣做會給你帶來什麼後果？知道不知道你已經闖下了大禍？」

周宣一揮手，淡淡道：「不管你有什麼招數，儘管拿出來就是，不用說什麼威脅的話。現在，我給你兩個選擇，讓開，或者是開打。」

周宣眼神如電，犀利之極地盯著這個男子，看他的衣著表情，想來是這間會所裏身分較高的人，但在周宣強勢的言語和舉動下，他顯然退縮了。

周宣見狀，便回頭向張蕾說道：「把人押到車上去，馬上返回市局。」

胖男子忍不住叫道：「你這樣做是違法的，我會告到你傾家蕩產！」

周宣鑽進車裏，把頭從車窗裏探出來，對那男子淡淡道：「我告訴你，你們這會所馬上就會關門大吉，做不成生意，你信不信？」

會所的那名高層頓時氣得臉都綠了。他們雖然人多勢眾，奈何卻不是人家一個人的對手，無論是講狠講兇都沒有用，此時再說有背景有來頭，人家都不理會，反而說出要讓他們關門大吉的話來，這讓他如何不氣？

周宣幾句狠話一放完，隨手指著大門上方那寬大豪華的廣告電子看板說道：「糟糕，這電子看板要掉下來了，趕緊閃開！」

那會所高層和其他人都禁不住抬頭向上一看，果真，那焊接在牆壁上的大大的廣告電子看板居然脫落了一大半，因爲脫落的原因，裏面的線路碰接短路，火花四射。

這一下，嚇得眾人趕緊四散奔跑躲閃。

這當然是周宣用異能轉化吞噬造成的，不過下面還有很多人，所以周宣並沒有將看板全部弄脫落，等到下面的人都奔跑躲閃開後，才運異能將看板焊接的地方全部吞噬掉，那超過一百平方之巨的電子看板頓時轟然掉落下來。

會所所有在場的人都驚得呆了，當真是屋漏偏逢連夜雨啊，遇到周宣這麼個煞星砸了店不說，連門面招牌都掉落下來了。

周宣在車裏看著看板上還完好的「帝王」兩個字時，鄙夷地努了努嘴，然後對張蕾說道：「開車，回市局。」

張蕾看到帝王會所的招牌竟然憑空掉落下來，搞得會所的人東奔西逃狼狽不堪，禁不住又驚又笑。驚的是，竟然會有這麼巧的事，他們來鬧事不說，還連招牌都掉下來，按理說是不應該有這樣的事，但事實擺在眼前，不由得她不驚；笑的是，這些人一開始兇神惡霸的，但卻被周宣一個人打得落花流水，狼狽不堪，到最後，一個個如同小丑一般。

周宣一吩咐她開車，張蕾便很順從地立即把車開了起來，甚至還打開了警笛。任務成功了，當然可以招搖點了，這時，她心裏可再沒有害怕的心思了。

周宣的厲害程度已經遠超出了她的想像，一百多個人手持器械來圍攻他們，她跟周宣居然毫髮無損地進去了又出來了，而對方至少有一百人被周宣打倒！這樣的事，以前還真只在

電影中見到過。周宣除了沒有飛簷走壁之外，其他的表現還真跟那些武功高強的大俠一樣。

所以張蕾現在一點也不再害怕，也不去理會會惹下什麼禍事後果，至少現在跟周宣在一起，她什麼都不用擔心害怕。想來傅遠山有這樣的幫手在，肯定也是如虎添翼，這樣的人才不用放著，實在是太可惜了。

張蕾越想越興奮，一開始以爲劉興洲是敷衍她而已，覺得劉處長、陳處長只是把她當成花瓶，危險的事根本就不敢派她出去，這當然是因爲她的家庭背景的原因；把她借調過去跟周宣一組，分明是他們把周宣也當成了是傅遠山的人馬而已，所以把他們兩個人組成一組，並沒打算給他們實際的任務，最多讓他們巡巡街，替補支援。劉興洲他們絕對想不到周宣會有這麼驚人的身手。

這時她想到，之前周宣讓她拿手銬上前銬那兇手，並不是要讓她涉險，而是早已控制住了那兇手，才會讓她做這樣的事。後面又看到周宣那嚇人的身手後，就更加確認了，周宣既然有這麼高強的身手，又怎麼會讓她孤身涉險呢？一想到這個，張蕾的心情就舒暢了，原來周宣就是那種身手超強，但做事低調，根本不會解釋的人。

張蕾忍不住又微笑了起來，從車裏的後視鏡裏看到，周宣正靠在座椅上，閉著眼睛似乎在睡覺，對在他旁邊的那個凶犯看也不看一下，就當他不存在一般。

張蕾知道，周宣已經完全控制住他了，所以根本就不擔心。而那個凶犯的身體似乎連輕微動彈一下都辦不到，只有一雙眼瞪得溜圓，牙齒咬得緊緊的，像要吃人一般。可以想像得到，如果他的身體是自由的，肯定會做出可怕的事來。

只是今天的行動太順利了，順利得讓張蕾都有些不敢相信。至少不敢相信她和周宣抓到的這個人，真是案宗上那個兇手。

快到市局了，遠遠地已能瞧到市局那棟高高的辦公大樓了，張蕾問了一聲：

「周宣，等一下這個人怎麼處理？不知道傅局長那幾個組情況如何？」

周宣忽然一下子睜開眼來，趕緊伸手在那兇手頭上一拍，那兇手頓時眼一閉，似乎是暈了過去。這是周宣用冰氣異能把他腦子凍結了。

把兇手拍暈後，周宣才對張蕾說道：「小張，有一件事我想拜託你，先跟你商量一下。」

張蕾詫道：「拜託我什麼？不是要跟我借錢吧？我月薪只有三千，你想要多少？」

「嘿嘿嘿，與借錢無關。」周宣笑笑道，「就是我這身功夫，師門不允許我隨便在外顯露，所以我想求你，回去寫報告的時候，把我用功夫的這一段省掉。如果不能完全不提，就說我一動手就打倒了幾個人，然後你趁機逮住了兇手。兇手確實是你動手抓的啊，可與我無關！行動的準備方案也都是傅局長早定下來的，我們只是執行而已，抓人也是你抓的，我只

是跟你跑一趟而已。」

「原來你是說這個啊？」張蕾怔了怔，回頭望了望周宣，見他一臉正經，絕沒有說笑的意思，倒是有些不明白了。

在張蕾見到的所有同事當中，沒有一個不是想立功升上去的，他們一心只想破大案子，好大大的風光一下，而自己也老是埋怨陳處長不給自己安排實事做，不也是想證明自己不是花瓶，是能做事的人嗎？但周宣怎麼會一點邀功的想法都沒有呢？

張蕾確實有些想不透，於是又問道：「你是說真的嗎？」

「你看我像是說笑話嗎？」周宣攤攤手回答著。

張蕾皺了皺眉，一邊開車一邊說道：「我想不通，這可是我們員警巴不得的事，但你卻不想領這個功……不過，如果你一定要這麼做，那我也只有答應你。」

說話間，車已經開到了市局門口，警衛早已經把大門打開了，張蕾把車緩緩開進去，裏邊的廣場上，這時已經停了數十輛車，無數身穿制服的員警雲集，傅遠山等人已經先一步回來了。

傅遠山等一行六個組，有五組已經成功抓獲犯人歸來，只有其中一組沒有抓到犯人，是因爲嫌犯不在這個窩，而周宣沒有探測到，是因爲那個嫌犯後來去的地方，之前並沒有去過，所以周宣探測不到影像。

但那嫌犯並不是爲了逃竄而轉移地方的，所以抓捕小組在他這個老窩抓到的同伴已經供出了他的去向，抓捕小組向傅遠山彙報過後，已經再次出發，火速趕往嫌犯的另一個藏身地點。

不過，就算沒有抓到那個嫌犯，傅遠山此舉也算得上是大獲全勝，成績驚人了。當然，市局其他副局長和幹部們都還不知道發生了什麼事。

傅遠山安排的行動十分隱秘，在他們的保密之下，沒有洩露一點情況出去，所以其他人都不知道，只知道現在在廣場上抓回來七八個人，而且戒備森嚴。

在廣場上，傅遠山絲毫不理會那些圍過來觀看和詢問原因的市局幹部，立即命令跟他出動的這些員警馬上進行單獨審問。因爲抓到了之後，現場還找到了不少對案子有利的證據，所以這些員警對傅遠山的吩咐二話不說，立即執行，與之前的猶豫大不相同了。

這次行動還真是成功了，這說明他們有出頭的希望了。這些案子都是市局裏封存的大要案，本來是破不了的，但這個傅代局長一來就大獲全勝，而且還成功地抓到了凶犯。

當然，最後的結果還得等到審問過後才知道，但就抓捕現場得到的那些證據來看，這些嫌犯九成以上是真正的凶犯，這一點就夠了。只要有一半的嫌犯罪證確鑿，就足夠了。

破案講究的是證據，傅遠山需要的則是績效，現在，證據俱全，還愁沒有成績？而且，要講成績，今天的這些案子一旦真破了，那成績就是難以想像的大了。

所以，被傅遠山策動的這些中層員警現在都很激動，遠不如事先的冷默。之前還擔心害怕，覺得傅遠山不可能做出什麼成績來，但現在，這個事實讓他們又驚又喜，真不知道傅遠山是怎麼破這些案子的，以至於讓抓捕如此順利。

現在看來，這個傅局長可是有絕對的把握啊，否則怎會做出明知山有虎，偏向虎山行的事。這樣一想，大家心裏更踏實了，傅遠山一吩咐，眾人便馬上擺著冷肅的表情，吩咐手下把人一一帶到審訊室，準備立即審問。

傅遠山雖然在市局根基不穩，此時還是個代局長，但畢竟還是上級派來主持市局工作的，哪怕是臨時的，局裏的其他人卻是不敢公開反抗，至少在沒有必須撕破臉的時候，他們是不會那樣做的。現在，傅遠山只是背著他們執行了一次行動，雖然不知道是什麼行動，但現在肯定不可能去阻止他們了，最多是在工作上不給他方便。

最關鍵的是，他們現在都不知道傅遠山這次行動的目標是什麼，如果是針對他們工作上的失誤或者是徇私舞弊的事，那就得趕緊準備處理應對，別讓他得逞。

不過，他們做夢也沒想到，傅遠山這一次的行動，竟然是破獲了陳年積攢下來的七樁要案，如果知道了，那可比知道傅遠山在挨個查他們都難受。

傅遠山在車旁等著周宣和張蕾，看到他們兩個把凶犯拖下車後，頓時大喜，這件震撼力最大的案子若是也破了的話，那他的這個局長的位置可以說是鐵定不移的了。

周宣笑了笑，上前跟他握了握手，然後指著押著凶犯的張蕾說道：

「傅局長，這次任務很順利，張警官一個人就完成了逮捕行動，我只是跟著她走了一趟，嘿嘿。」

傅遠山自然明白周宣的意思，點了點頭，對張蕾隨便示意了一下，然後吩咐另外的刑警把凶犯押進去審問。

審問案犯的事刻不容緩，傅遠山要在最短的時間內審訊好嫌犯，以便彙報給魏海河。

這個時候，魏海河同樣也在焦急等待著。

這一役，他是絕不能輸的。如果輸了，不但會阻礙他前進的步子，甚至還有可能將自己的前進推後十年時間，對他來說，或許就意味著仕途的失敗。

所以，他能給傅遠山的時間很短，現在，他們只能以績效證明自己。他和傅遠山都沒有退路了。對於傅遠山來說，進攻才是最好的防守。

傅遠山也不想在這個場合下過度對周宣親熱，便吩咐張蕾：「小張，你馬上寫一份行動報告交上來給我。」

因爲其他組的人員都在進行審問，只有張蕾這一組沒有進行審問，審問的工作，傅遠山已經交代了別的警官，所以張蕾就沒有其他工作了。

把人犯交接後，傅遠山也沒有多待，而是跟隨審問的各個小組一起進入到審訊室進行監視審問，目前，他的心思全都放在了這個上面。而周宣早溜到了廣場的角落處。此刻廣場上員警眾多，但沒有人會去注意他這個陌生的新來人。

周宣正在考慮著要到哪裡打發一下時間時，張蕾走過來在他肩上一拍，說道：「到辦公室坐坐吧，我寫報告，你來審查一下，看看行不行，能不能過關！」

「不行不行，報告你寫就好了，我對那個很頭大，不看那個還好，一看我就要睡覺，你就放過我吧。」周宣直是搖手擺頭。

張蕾嗔道：「你那麼緊張幹什麼？我又沒說要你寫。你在這廣場上傻站著幹嘛，還不如到辦公室裏坐著，辦公室裏有電腦，你打打遊戲打發時間也可以啊。我寫報告你在場才好，寫到有些不妥當的地方，你得把一下關。你剛剛不是說了，有些地方不要我寫的嗎？你不在場，我怎麼知道哪些又不應該寫了？」

「好好好，那我可先說好了啊，要我寫那就免了，我就玩玩遊戲吧。」周宣想了想才回答她。

「行，我寫，寫好了念給你聽，然後你再決定。」張蕾一邊說，一邊往辦公大樓去。

## 第一〇五章

# 前無古人

傅遠山現在需要的其實是馬上把消息大放特放，
讓市裡的高層都知道他傅遠山幹出了多麼轟動的成績來，
而且，他是第一天到任，這樣的成績，
換了任何一個人，恐怕都是前無古人後無來者的局面。

兩人到四處的辦公室裏寫報告，張蕾開了一台電腦讓周宣玩遊戲，自己則在辦公桌上寫報告。辦公室裏還有兩個四處的女職員，看到周宣毫無顧忌地開著電腦玩遊戲，兩個人便低聲嘰嘰咕咕交談著。她們的交談聲音很低，張蕾聽不到，但周宣卻是聽得很清楚。

這兩個女職員正在談論他，什麼靠女人吃軟飯，什麼靠關係轉入四處，上班公然打遊戲什麼的。周宣不想搭理她們，反正自己也不會在這裏幹多久，由得她們說吧，繼續玩自己的遊戲。

「這人怎麼這麼討厭？也不知道張蕾是什麼眼光，拿這麼個東西當寶貝，真替朱傑不值啊……」

「就是啊，我看到張蕾那一副高傲的樣子就來氣，要不是靠後臺，她憑什麼……」

周宣不想再聽這些八卦的閒話，但異能在身，想不聽都沒辦法，兩個女人的聲音偏要往他耳朵裏鑽。周宣皺了皺眉頭，在辦公桌上看了看。此時，張蕾正用嘴咬著筆頭看著周宣，當即問道：「你在找什麼？」

「有紙巾嗎？」周宣側頭問著。

「紙巾？」張蕾臉一紅，還以爲周宣要上廁所，低了頭，在自己皮包裏拿了一小包面紙出來遞給他。

周宣伸手接過紙巾，馬上抽了一張出來，撕成兩片，然後捏成團，一手一個把耳朵塞了起來，一邊塞一邊說道：「太吵了，窗外邊有兩隻麻雀老是吵個不停。」

張蕾一怔，不禁有些詫異，這辦公室四面無窗，哪裡有什麼麻雀叫的聲音？周宣說話的聲音不小，那兩個女子聽得清清楚楚。兩人都呆了呆，四下裏望了望，辦公室裏再也沒有其他人了，周宣這話只怕是說她們兩個吧？

女人的心思很是敏銳，周宣的話馬上讓她們兩個聯想到自己，但有些不明白的是，她們說話的聲音那麼低，他怎麼能夠聽得到？兩人相視一對，都起身上洗手間去了。走到辦公室外面，倆人這才又說了起來，話語間自然是對周宣大加貶意。

周宣耳朵裏雖然塞了紙巾，但聽力依然，那兩個女人到洗手間這一段距離又在五十米以內，周宣甚至不用把異能凝成束就能聽到。

「小雅，我們給劉處長說一聲吧，劉處長對這個新來的周宣也不怎麼喜歡。他今天第一天上班，就在辦公室裏打遊戲，怎麼也得讓劉處長給個警告處分或者罰款什麼的。聽說他是新代局長的人馬，不過，代局長的位置我可是聽羅副局長的夫人說過，那是兔子的尾巴，長不了！」

「是啊是啊，我看見張蕾就有氣，她以爲她天下第一漂亮，我看就是一隻騷狐狸，到處勾引男人。這個周宣，不知道哪裡比朱傑強了，張蕾只怕是眼珠子都瞎盡了。不過也好，騷狐狸配牛糞，兩者都不吃虧。」

周宣聽得有氣，這兩個女人一邊嘀咕，一邊往劉興洲的辦公室走去，準備打小報告，心想由得她們去，估計一會兒處長劉興洲又要來發威了。

張蕾一點也不知道這些事，還在認真寫著報告。周宣笑了笑，當初進市局，劉興洲特意安排張蕾給他，現在他看來倒是挺合適，至少在他的眼中，張蕾比那些所謂的精英人士要好得多，雖然有些驕傲，但性格卻很直爽率真，要是分到朱傑那些人一組，可就難受了。

沒多久，兩名女子都回來了，各自在自己的座位坐下來，拿著資料檔案等，佯裝很認真在工作。

在走道外，周宣測到劉興洲正往這邊過來，當即明白，這兩個女人打小報告成功，劉興洲正巡視來了。

劉興洲一進來看到周宣，就徑直朝他走過來，周宣根本就不理睬他，裝沒看到。

劉興洲冷冷一哼，說道：「周宣，你是來工作的還是玩遊戲的？要玩遊戲就扔了工作回家去，我們這是工作的地方。」

劉興洲一開始的話語還很客氣，沒有把臉撕破，但周宣眼也沒抬一下，依舊玩著他的遊戲，嘴裏倒是說道：「要嚷到別處嚷去，別煩我。」

劉興洲和兩個女職員都被周宣的話哽了一下，兩個女職員更是驚訝周宣的膽大，難道他真以為靠傅遠山這個短命局長就高枕無憂了？畢竟是縣官不如現管吧？劉興洲的官職也不算小了，市局的一個處長，級別也可以當一個分局的副局長了，看來周宣根本是一個不知天高地厚的魯莽傢伙。

周宣當然不是魯莽的人，按他的本性來說，像這樣的事，他自然是低調行事，但現在的想法就不同了，抓凶犯顯能力時他可以低調，但對市局裏的這些反對勢力，他不妨借機狠狠打擊一下，替傅遠山壓一下他們的氣焰。這個劉興洲明顯就是針對傅遠山的。

劉興洲和兩名女職員被周宣的話驚到了不說，就連在寫報告的張蕾也被周宣的話嚇到了，就算再囂張，再不懂事，也不會到這個地步吧？明知自己上班玩遊戲是不對的，卻還跟上級頂嘴，那不是自找沒趣嗎？

幾個人都驚愕了一下，劉興洲馬上就又怒起來，伸手猛一拍桌子，這一掌很大力，把桌子上的一些尺筆等小東西都震落到地上。

「放肆！」劉興洲喝了一聲，斥道：「你以為你是什麼東西？我告訴你，這是四處，是我們警察為人民服務的地方，不是讓你來玩遊戲的地方，你……你……」

劉興洲還沒說完，周宣便一下打斷他的話，冷冷道：

「別拿為人民服務的大話來給你自己臉上貼金，你是個什麼貨色我清楚得很，哼哼，為人民服務？你天天足不出戶，這樣就叫為人民服務？你是個警察吧？警察的職責你真的清楚

嗎？你電腦裏下載了上百部A片吧？你就是看這些片子爲人民服務的？」

劉興洲臉一紅，不知道周宣怎麼會知道他下載了那麼多的A片的，照理說，他的這些私事不可能被人知道的啊，每天上班的時間，自己就沒離開過辦公室，下班後，所有職員都下班走掉了，不會有人在，而自己的辦公室從來都是鎖住的，只有自己一個人能進去，別人怎麼可能會看到他電腦裏的東西呢？而且，看A片的時候都只有自己一個人，絕不可能有其他人知道的。

劉興洲臉色被激得紅裏發紫發黑，好一陣子才恢復過來，臉陰沉沉的，呼呼直喘粗氣，這傢伙還真不給他面子，敢在下屬面前公然頂撞他，讓他丟臉。

周宣當然是故意的，要做就得把劉興洲詆毀得一錢不值。這樣的人，周宣絕不相信他是能爲人民服務的好員警。

劉興洲呼呼直喘粗氣，眼睛瞪著周宣，越瞪越大，手指顫抖著指著周宣，如果眼光能變成刀的話，那他已經把周宣割成無數的碎片了。

周宣哼了一聲，冷冷地又說道：

「怎麼，你不服氣？不服氣的話，我倒是可以給你幾種建議。要麼跟我打一局，聽說市局刑偵處各個處都是好手雲集，不是普通人能來的地方，劉處長身爲一處之長，想必身手更是頂尖的，要不我們來較量一下？或者，劉處長要看我不順眼的話，就直接把我給開除了吧，這倒省事，可是我不知道，劉處長有沒有那個能力把我給開除，要是搞不好，反被風紀部門查到了，可就是一個笑話了。」

「你……你……你你……」劉興洲氣得七竅生煙，不過，確實如周宣所說一樣，即使他真想把周宣給開除，還真沒有那樣的權力，要開除一個員警，得有更有力的證據，還有級別更高的官員才有開除的權力。因為到市局刑偵處任職的，都不是普通的低級員警，都是有能力有級別的，像周宣這種低級別的菜鳥也能來到刑偵四處，那還是破天荒第一次。

而且，劉興洲雖然是一個處長，但身體常年不運動，與幾個處的下屬職員的體能相差的可不是一丁半點，私生活又糜爛，身體早已不是年輕的時候能比了，要是年輕二十年，或許還有一點可比性，現在的話，就算周宣說得再狠，他也不會答應這個提議，要選的話，他會選擇直接開除周宣。

劉興洲氣惱得不行，喘著粗氣掏出手機來，要給市局的羅副局長，也就是他在市局裏靠得最近的靠山打電話，他劉興洲沒有權力開除周宣，但羅副局長卻有開除他的權力。

劉興洲一撥通電話，馬上就說道：「羅局長，那個……就是那個周宣，新調來我們四處的那個人，上班玩遊戲，被我當場抓到，抓到後不僅不思悔改，反而口出狂言，說要打我，還說我要有本事就開除他什麼什麼的，我想……」

劉興洲氣惱異常地給羅副局長打電話訴說這件事，羅副局長是早跟他通過氣的，這傳遠

山的來意和底細都給劉興洲說得清楚不過，要他注意一些；傅遠山的行動或者是分派的任務，在第一時間就要先通知他，讓他來決定執行或不執行。劉興洲自然是一口答應。

不過，剛剛把話說到一半，那邊羅副局長就一下子打斷了他的話：

「劉興洲，你是怎麼做事的？眼睛都長哪兒了？市局都鬧翻天了，你居然一點都不知道，還躲在辦公室裏吹空調跟人家鬥氣？」

劉興洲從來沒見到羅副局長對他發這麼大脾氣，不禁嚇了一大跳，周宣的事也給嚇得飛到了九霄雲外，急急問道：

「出……出出……出什麼事了？」

「虧你還是刑偵四處的處長，不知道你是幹什麼吃的？」羅副局長罵道：「那個傅遠山今天一到市局，馬上就召集了平時被排擠的十幾個幹部，又立刻進行了大規模的破案及抓捕行動。現在，那些嫌犯都被抓回來了，正在審訊當中，這樣的大事你都不知道？你當真是兩耳不聞窗外事了！嘿嘿，傅遠山已經坐穩了局長的座位，你還想要開除他的親信？做白日夢去吧你！」

羅副局長氣不打一處來，狠狠把劉興洲罵了一通，然後又說道：「你跟那姓周的鬥，那是你自己的事，可別算到我頭上來！」說完「喀嚓」一下把電話掛了，不給劉興洲一點解釋和追問的機會。

羅副局長確實很生氣，這樣的事，劉興洲居然一點也不知道，這樣的下屬有屁用，還能指望到他什麼嗎？

雖然今天傅遠山的行動把他們所有人都瞞過了，而且還幹出了這麼大的事，到現在，聽說那些案子的嫌犯都基本上是抓對了，已經有四個凶犯已經供認不諱，並畫押簽字了。就這些已經破案的案子，傅遠山的位置就已經是坐穩了，他們幾個副局長的動作算是白費了。

傅遠山背後站的是魏海河，本來市裡一些長官是想借這個機會把魏海河的氣焰打壓下去，但卻沒想到傅遠山手底下這麼硬，一出手就是這樣的大手筆，讓所有人都閉上了嘴。

既然傅遠山的位子已經穩固，並坐到實處，那他們就沒必要再鬥了，再鬥也只有吃虧的份。好漢不吃眼前虧，要鬥也得以後看機會行事，明的肯定是不行了。

適逢這個時候，劉興洲居然打來這麼一個電話，羅副局長自然火大，狠狠訓斥了他一頓，發洩了一番。

劉興洲是帶著威風帶著面子來的，在幾個屬下面前，自然是要把處長的威嚴擺得足足的，但卻沒想到灰頭土臉，迎頭就被周宣把面子撥下來。

本想把周宣給處理掉，上報給他的靠山羅副局長，卻又被羅副局長迎面一頓狠狠訓斥，直到羅副局長把電話掛掉後，他還在暈乎之中，好半天才回神過來，瞧了瞧朝他冷笑著的周宣，這才明白，自己要對付的這個人，並不像他想像中的那麼簡單，至少有些形勢是被他估

計錯誤了。

剛剛在電話中，羅副局長氣急敗壞地說他是吃屎的，那應該是說，市局已經發生了大變化，而且連羅副局長都無能爲力了。聽他的口氣，他們甚至準備接受這種局面，連局長的寶座都不敢再爭了。這麼看來，那發生的意外就肯定不是小事了。

可劉興洲確實沒聽到什麼啊，辦公室的幾個辦事員也都沒有跟他彙報過，唯一有彙報的就是剛剛那兩個女職員來報告周宣玩遊戲的事。

一想到這裏，劉興洲忽然氣惱了起來，自己辦公室裏的那幾個職員都是他的人馬，卻都是混飯吃的閒人，整日裏除了七嘴八舌的嘀咕八卦外，真正有用的事還真沒幹過！平時跟他這個處長一個樣，大門不出，二門不邁的，早上進了辦公大樓裏的辦公室後，就直到下班的時候才會出這個門，能對自己有什麼真正的幫助？

劉興洲雖然極爲惱怒周宣的舉動，但此時關乎自己前程的大事，個人的不滿還是暫放一下，便趕緊去調查一下羅副局長所說的事，否則他就真的只有回去吃屎了。

劉興洲黑著臉轉身走出辦公室，頭也沒有回。那兩個女職員都是一副目瞪口呆的樣子。周宣如此把劉興洲的面子踩在腳底下，劉處長爲什麼就這麼輕易放過了他？

不對不對，劉處長肯定是準備給上頭協商，讓周宣滾蛋的，估計要不了半個小時，周宣就會從這個辦公室徹底消失了。

張蕾也在一旁呆怔著，好一會兒才問道：

「周宣，你……你就不怕……」

「報告寫好了嗎？」周宣知道她要問什麼，當即打斷她的問話，說道，「寫好了就念給我聽一下，沒寫好就趕緊寫。」

張蕾怔了怔，低頭看了看手中寫了一點點的報告，當即訕訕笑道：「還沒好呢，我馬上繼續寫。」

看到驕傲的像白天鵝一般的張蕾，居然柔順服貼地對周宣，那兩名女職員更加吃驚，這可不像張蕾的個性，以前也有一個太子爺來追求張蕾，可張蕾根本不理睬他，這個周宣，不可能來頭更大吧？要是有那樣的來頭，爲什麼連官階級別都沒有？那些太子爺如果是調來鍍金的話，那級別不會太低的啊？

張蕾老老實實地繼續寫報告，在她看來，不論周宣是個什麼身分什麼來頭的人，至少他現在的表現讓自己折服，勇猛無敵，不畏強權。

周宣忍不住樂了起來，遠處的那兩個女職員又在低聲交談著，一個說再給劉處長彙報一下，另一個說，用手機把周宣玩遊戲的證據拍下來，這樣可以讓他無可狡辯。

兩人商量好後，分工而行，一個裝作上洗手間出去給劉興洲彙報，另一個則拿了手機裝作打電話，調好照相的功能後，慢慢向周宣這邊走過來。

周宣自然不客氣，把異能運起來，等到那個女子走到他旁邊三四米處假裝按鍵，實際上卻是在偷拍他時，當即用異能將她手機裏的主要配件和顯示幕給轉化吞噬掉。

這女子的手機是市面上最暢銷的手機款式，周宣將她的手機轉化吞噬後，她並不知道自己的手機已經停止了拍攝功能，還裝模作樣地在周宣面前找尋號碼發短信的樣子。

周宣也不跟她說什麼，仍舊玩著自己的遊戲，讓她拍個不停，等到她自認爲拍得差不多了的時候，周宣才忽然抬頭望著她笑道：「麻煩把我的樣子拍得漂亮一點，謝謝。」

那女子一怔，這才知道周宣已經早就發現了她的舉動，當即訕訕地扭身回到自己的座位上。雖然知道周宣已經發覺了，但還是把手機藏在桌子下方，準備把剛拍的影像調出來查看一下。不過按了之後，卻發現手機螢幕上沒有任何顯示，心裏有些奇怪，還以爲是沒電了，當即又按著開機的開關，只是按了好幾下，手機仍然沒有顯示。

那女職員詫異起來，趕緊找了備用電池換上，不過再開機仍是沒有顯示，難道壞了？

張蕾認真寫著報告，周宣這個時候倒是無人打擾了，好心情地下了幾盤棋，時間不知不覺倒也過得很快，等到張蕾把報告寫好後，念給周宣聽。

另一個女職員這時候回來了，她是去劉興洲那裏打小報告的，劉興洲一回去後，馬上給下屬們打電話詢問今天發生的事，在得知確切消息後，不禁嚇了一大跳。

難怪他打電話給羅副局長時，羅副局長如此生氣。如果傅遠山今天做的事全部都是事實的話，那就可以說羅副局長等幾個副局長回天都無力了，只能任由傅遠山勢大。這就難怪羅副局長如此態度了，如果換了他自己到羅副局長的位置來想一想，甚至還會比羅副局長發更大的火。

那個女下屬一到劉興洲的辦公室裏，就神秘地又說起周宣的事來，劉興洲卻是一翻臉喝斥了起來，把那女下屬罵得狗血淋頭，說她成天上班不知道做事不說，還專門挑事，離間同事的關係，把那個女下屬罵得狼狽不堪竄回辦公室，黑臉地對著另一個同事。

另一個手機莫名其妙壞了，心情也是極不舒暢，於是兩個人都是黑著一張臉。

周宣一開始聽到她兩個人的嘀咕時，確實很生氣，但現在卻是覺得解氣了，心情舒暢地準備聽張蕾念報告，但張蕾看了看這兩個不懷好意的同事，當即不念了，把報告遞給了周宣，讓他自己看。

周宣接過來看了一遍，好在這份報告並不太長，總共不過千餘個字，花了幾分鐘就看完了。張蕾的報告寫得不錯，最關鍵的是她還真聽話，一點兒也沒提周宣運功的事情，只是說接了市局領導的任務命令後，就執行了抓捕任務。

周宣看了一遍後，當即笑了笑點點頭道：「好，沒問題，就是這樣，文筆不錯，呵呵，

慶祝成功完成任務，乾脆你請我吃頓飯吧，肚子餓得緊了。」

張蕾不禁啞然，既然是慶功，周宣爲什麼還要她來請客？瞧他的表情還是想當然一樣，絲毫沒覺得他是個男人，自己是個女子，事事都應該由他來負擔，一點紳士風度也沒有。

不過想歸想，張蕾還是覺得很高興，她請就她請，笑吟吟地說道：「你要我請也可以，不過我可事先說清楚啊，我的工資挺少的，錢老是不夠用，所以你要我請你吃飯也行，我只能請五十塊錢以內的東西。」

「行，五十就五十，只要你請，就是幾個包子饅頭，也無所謂。」周宣笑笑回答著，早上來的時候，自己還不是給張蕾敲了一筆，在肯德基裏也是他掏的錢嘛。

聽到張蕾毫不掩飾地說著預算多少時，周宣忽然覺得張蕾很親切，遠比其他同事好相處得多，比那些成日只在乎升官拍馬或者愛慕虛榮的人要好得多，至少能讓他覺得在一起的時候不會氣悶難受。

兩個人就準備到傅遠山那裏把報告交了，然後出去吃飯。張蕾這時候也看得清楚，周宣根本就不在乎市局裏的規矩，管他上班不上班，事事都由著他自己的想法來，想走就走，尤其是周宣把劉興洲處長嗆得面紅耳赤，話都說不出來的情景，張蕾就覺得特別的舒暢開心。

不過，當兩個人在電梯口等待的時候，傅遠山的電話剛好打來，傅遠山只笑呵呵地說了一句話：「趕緊到我辦公室來。」

再次到傅遠山的辦公室門外，張蕾輕輕敲了敲門。傅遠山這次沒有在裏面應聲，而是親自過來開了門。當看到敲門的是張蕾後，他怔了怔，隨即又看到站在張蕾身後的周宣時，臉上的笑容才堆了起來，笑呵呵一擺手，說道：「進來進來，進來說話。」

在沙發上坐下後，傅遠山有意無意地掃了一眼張蕾，周宣懂得他的意思，這是在詢問他，眼下要說的事，有她在，是不是不太方便？

周宣知道傅遠山此時要說的是什麼，肯定就是那七宗案子的案犯供詞問題，據傅遠山的表情估計，多半就是那幾個案犯已經招供認罪了。

這件事情，傅遠山即使現在不說出來，市局裏其他人又或者更高層的市裡領導，都肯定會通過各種管道知道這件事的結果，瞞也沒有用，而且根本無需瞞下去。

傅遠山現在需要的其實是馬上把消息大放特放，讓市裡的高層都知道他傅遠山幹出了多麼轟動的成績來，而且，他是第一天到任，這樣的成績，換了任何一個人，恐怕都是前無古人後無來者的局面。

「傅局長，有什麼事你就直說吧，沒有問題。」周宣笑了笑，當即向傅遠山說道。

傅遠山也只是詢問一下周宣的意思，他自己當然也明白，抓到案犯只是第一步成功了，要等到案犯招供畫押後，才算是完全成功了。

幸運的是，這些案犯都是犯了死罪，雖然沒有被警方發覺破綻，但心裏長期都是坐臥不

寧，這一次被抓，又還有證據，而且周宣還把他們犯罪的過程都一一詳細記錄了下來。

有了那個本子，傅遠山的刑審過程便快速和容易得多，而且，他安排的審訊人員也都是經驗老道的老刑警，當抓到這些案犯後，他們自認為是警方掌握了他們太多的證據，否則不會這麼容易就被抓到，而審訊人員又時不時把周宣寫下來的犯罪過程提出一字半句來，讓他們再沒有防範心理，直接認罪伏法。

簡直是無法想像，傅遠山在審訊監控室中看著監視器裏的情形，忍不住樂開了花，六宗案子的案犯居然全都在兩個小時內招供畫押，就在快結束時，另一組抓捕人員又打電話來向傅遠山彙報，說是嫌犯已經成功在第二個地點抓獲，現在正押解途中。

傅遠山大喜若狂，當即把審訊記錄的書面證供和錄影帶一併派專人送往魏海河處。

魏海河一顆心完全放下來，把市委主要領導召集起來，然後把公安廳的幾個主管都傳到了市委辦公室，一起等候著傅遠山的證供送來。

傅遠山見周宣無所謂的樣子，也想到，這些案子只要一審訊結束，基本上就沒有保密的必要了，她知道也無所謂。再說，無論她是什麼想法，背景是什麼，她都是一個員警，一個與周宣一起行動的同事，也用不著防備著她。

「呵呵呵，老……小周，小張，呵呵，我要告訴你們一個好消息。經過同仁們的辛苦審訊，目前已經抓捕的六宗案子的嫌犯都已招供，我也安排了人手去查證嫌犯招供的其他物證。今天對我們來說，是徹底的大獲全勝！呵呵呵！本來是應該要好好慶賀一下的，但等一下我必須去市政府魏書記那兒開個會，等這幾天事情緩下來，我請大家吃頓飯！」

張蕾覺得很有些蹊蹺，因爲傅遠山對周宣的態度，絕不像是上級對待下級的表情，似乎還有一絲半分的恭敬和尊重，反而周宣像是上級的感覺。

女孩子的敏銳感覺讓她捕捉到周宣與傅遠山之間的不正常，看到周宣很自在很隨意，無拘無束的樣子，她就更加肯定了。

「哦……還有一件事要跟你說，差點忘了。」周宣忽然記起剛剛跟劉興洲的衝突，然後對傅遠山把與他衝突的細節說了出來。

傅遠山哼了哼，說道：「不用在意這傢伙，市局六個處我都有瞭解，尤其是這個四處的劉興洲，腐敗之極，等所有事都穩定下來後，我第一個處置這傢伙。」

傅遠山一聽周宣的話便黑了臉，這個劉興洲被投訴的事情在市局裏不算少，不過市局一個正局長，三個副局長，三個副局長中，一強兩弱。強的那個是跟正局長近的，兩個弱勢的，並不是說人弱，而是被壓得弱了些，其中一個就是羅副局長，算是弱中比較強的，另一個張副局長，今年剛好六十，無論弱與不弱，他都是日落西山了。

劉興洲跟的是羅副局長，正局一調走，現在的市局可就是三分天下，羅副局長與鄭副局長比較強勢，張老頭最弱，基本上就不爭這個局長位置了。

劉興洲現在看的就是羅副局長還算強勢，有幾分希望升上去，但今天傅遠山的行動，可以說是給市局所有有這種想法的人，都是一記強有力的悶棍，打消了不少人的希望。這六宗大案的破案，可以說傅遠山的位置已經穩如泰山了，對傅遠山一開始陽奉陰違的人，現在都轉變了心思。

# 第一〇六章

# 牆頭草

無論從能力和手段以及背景來看，
傳遠山現在站穩腳跟的可能性有九成了，他們只想找一個靠山，
能安穩發展的道路，說是牆頭草也不為過。
在現今的社會中就是這樣，人都是只為生存而選擇的。

周宣和張蕾與傅遠山還在談論劉興洲的事，這時，辦公室門上輕輕響起了敲門聲。

傅遠山看了看門，然後說道：「進來。」

門推開後，門外是個身穿警服的中年男子。周宣不認得，但張蕾卻認得，這是她之前五處的陳處長，正一臉堆笑站在門口，訕訕道：

「傅局長……呵呵，小張也在啊？」

這不是廢話嗎？我就不能坐在這裏？張蕾心裏哼了哼，但嘴上還是沒說出來，這個陳處長，對她不好也不壞，反正從不給她事幹，所以她對他沒有什麼好感。

而周宣此時已經探測到，在傅遠山辦公室的外面走道中，還有五六個人等候著，其中就有劉興洲。周宣也只認識他一個人，看來這些人都是為跟傅遠山拉近關係而來試探的，一看到傅遠山的地位即將穩固，他們馬上就轉變了態度。

無論從能力和手段以及背景來看，傅遠山現在站穩腳跟的可能性都有九成了，他們只是想找一個能做靠山，能安穩發展的道路，說是牆頭草也不為過。在現今的社會中，大趨勢就是這樣，人都是只為生存而選擇的。

周宣笑了笑，對傅遠山努努嘴，向門外示意了一下，然後說道：「小張，我們走吧，傅局長很忙了。」

張蕾點點頭，隨即站起身與周宣一起走了出去。

周宣和張蕾出去後，傅遠山從周宣的話語中猜到，外面還有不少人在等著，準備向他宣誓效忠呢。哼了哼後，衝著陳處長說道：

「把他們都叫進來吧，我做事，不用遮遮掩掩的。」

陳處長訕訕一笑，只得走到門外去把那些來人都請了進來。六七個市局的中層幹部，就除了三個副局長沒有來，進來後，個個訕訕笑著，有些不好意思。

傅遠山笑道：「大家來了也好，我就說幾句吧，既然我來任這個代局長，不管能任三天還是兩天，只要我在，哪怕時間再短，我也要做我應該做的事，承擔我應該承擔的責任。你們來了我也表個態，如果大家是來跟我提工作方案，我歡迎，如果是談私事，那對不起，我現在很忙，馬上還要到市委開會。」

傅遠山這樣說，眾人就更不好意思說了，他們來還能有什麼工作方案？以傅遠山這種雷霆萬鈞的行事作風，又如何會聽他們的說法？

看到這些人什麼都說不出來，傅遠山早就明白他們的來意，淡淡一笑，隨即站起身說道：「不好意思，你們先聊聊吧，我要到市委開會去了。」

傅遠山要走，他們哪裡還好意思就坐下來？六七個人一起簇擁著傅遠山乘電梯下樓，再送他上車，一直到離開。

其中劉興洲更是諂媚地笑著，臉上雖然堆滿笑容，心裏卻極是苦澀。周宣跟自己幾乎是

撕破了臉，而傅遠山又將肯定坐穩局長寶座，他以後的日子不好過了。

張蕾與周宣從傅遠山的辦公室下樓後，沒有再回四處的辦公室，而是直接到樓下。

周宣看看時間，想了想說道：「小張，算了，飯也別吃了，今天的事也做完了，我還是回家吧。」

「回家幹什麼，你又還沒成家，回家也是面對父母兄弟，還不如多聊聊工作好。有了事業，還愁沒有好家麼？」

張蕾笑嘻嘻地說著，從周宣的證件上知道了他是未婚，所以才這麼說，她自然不知道周宣的證件都是傅遠山辦理的，之後又將他的身分進行了加密，沒有許可權根本查不到。

周宣聽張蕾這麼一說，怔了怔，然後問道：「你說什麼？你怎麼知道我沒成家？」

張蕾笑吟吟地說道：「你的證件上寫明了未婚啊，這可是公安局的工作證明，發證日期是五月十二號，距今不過才一個月，我可不信你在一個月中就結婚了，走吧，還是吃完飯再說，還有啊……」

張蕾說著，瞄了瞄周宣，嘿嘿笑道：「還有，你也不用擔心，我說五十塊的預算是嚇你的，請你吃頓飯還是沒問題的，我決定把額度提升到一百塊，夠意思吧？」

周宣啞然失笑，瞧張蕾的眉眼間儘是戲謔的表情，知道她仍是在開玩笑，調侃他而已，想了想便道：「那我也實話告訴你吧，我其實是個很有錢的人，身家億萬，家裏的嬌妻比你還漂亮一點……」

張蕾忍不住格格嬌笑起來，周宣這樣說，像是吃不到葡萄說葡萄酸的人一般，她對自己的工作能力十分認可，對自己的相貌更是有自信，所以她覺得周宣說的話著實好笑，看著他一臉正經的樣子就更是好笑。

張蕾笑了笑說道：「那好啊，你是億萬富翁是吧，那這頓飯由你請我吧，既然你那麼有錢，就狠宰你一頓，找個最貴的地方吃行不？」

周宣想了想，嘿嘿一笑，說道：「行，到哪兒吃都沒問題，反正我也餓了。作爲新同事，就請你吃頓飯行行賄，以後照顧我一點。」

張蕾忍住了笑意，故意繃著臉說道：「好，只要這頓飯吃得我高興，那我以後就罩著你。」

周宣一邊點頭，一邊故意嘆著聲說道：「唉，有你罩著就好了，我這個人啊，別的毛病沒有，就是喜歡跟上面頂嘴對著幹，沒一個地方能幹上一個月，這一次到市局，還不知道能不能幹滿一個月呢？」

張蕾怔了怔，盯著周宣看了看，也不知道這個傢伙說的是真是假。說真的吧，看他這樣子又不大相信，但說他是假的吧，張蕾反而有些不相信了，因爲周宣頭先在辦公室裏跟劉興

洲頂著幹，這一點兒也不假，是她親眼目睹的，他還真是那種性格，喜歡跟上級對著幹，不說以後連累自己，但他這樣的性格，說不定三天兩頭就被開除了，是不適合在體制內做事的。

今天算是周宣幸運，劉興洲官職不是太高，加上又有別的事擾亂了他的心思，所以才沒有功夫對周宣發難，要是換了別的副局長，那周宣今天的下場就很難說了。

不過，看周宣那自得意滿的表情，張蕾又懷疑起來，這傢伙雖然身手確實了得，但行事作風卻有些少不更事和不計後果，還說他有漂亮嬌妻、是億萬富翁呢，根本就是仇富仇有漂亮女朋友的人啊。

張蕾到停車場把自己的車開了出來，說道：「上車吧，別嫌我這車不好，好歹比走路強，上來吧，大富翁。」

周宣嘿嘿一笑，拉開了車門坐到車裏，不過看到張蕾不開車走，怔了怔問道：「怎麼不開車了？」

張蕾氣哼哼地道：「你還真把自己當大老闆大富翁了？哼哼，坐到前邊來吧，省得我說話還要費事轉過頭去，要是出了事，你能負責？」

原來張蕾是要讓他坐到前邊去，周宣不禁訕訕一笑。坐到後面，確實是有把張蕾當成司機的意思，笑了笑後，周宣還是下車從前門上車，坐到了張蕾的旁邊，這才說道：「現在好了吧，到哪裡吃飯？」

張蕾咬了咬唇，斜睨著周宣問道：「給你最後一次機會啊，老實坦白，可別打腫臉充胖子啊，要是我一氣之下真去了高檔餐廳，你可就得賣房子賣車子付餐費了。」

「這個啊？」周宣呵呵笑了笑，張蕾還在擔心這個問題，看她那個樣子，好好嚇唬她一下吧，笑笑道，「就算打腫臉充胖子，那也得充啦。你好好開車吧，只要你找得出的餐廳，多貴我都請你吃這一餐，吃不吃可就在你了。」

張蕾氣哼哼一扭方向盤，惱道：「你要充胖子就充吧，我就狠宰你，不吃白不吃，還要吃最貴的。」

張蕾一邊說一邊氣惱地把車轉了一個彎，朝另一個方向駛去。她是在城裏長大的本地人，對城裏的熟悉度自然就不用說了，反而是周宣並不太瞭解，一來是他在城裏很少遊玩，二來又是個路癡，去一次兩次的地方不一定記得。在城裏，去高檔的地方次數也並不多，所以說起高檔餐廳，他還真不知道。

張蕾開著車，一路沿著市區路西行，居然來到了宏城廣場，在離宏城廣場兩條街的地方停下來。這地方雖然離周宣的家很近，但周宣還沒來過，看看四周的建築，只能用幾個字來形容：氣派，豪華。

而張蕾停車的餐廳，如同是用金磚堆砌起來的，金碧輝煌，從外面看就知道是極高檔豪

華的地方。

「京城飯店」這四個字也是金光閃閃，霓虹燈閃爍。周宣沒來過這裏，但想也知道，這裡應該是夠高檔的了。

張蕾把車停在靠外邊的位置上，沒有下車，偏過頭問著周宣：「現在還有後悔的機會啊，要進去了可就再沒有後悔的餘地了。」

周宣裝模作樣一咬牙道：「去吧，不就是吃個飯嗎？」

張蕾哼了哼，解開安全帶，這個周宣硬是要充大款的話，就由得他去吧。

張蕾隨手摸了摸衣袋，錢包裏倒是帶著錢呢，卡裏有兩萬塊，應該是夠吃了，不過當然不可能一餐就吃掉這麼多錢，最多也就花個一千幾百塊吧，看樣子，這周宣還真沒進過這麼高檔的餐廳，東瞧瞧西望望的，一看就知道沒來過。

服務生是從大門口就來迎接的，周宣爲了清靜，也不到大廳，吩咐直接開間包廂。張蕾看著周宣洋洋灑灑的樣子，咬了咬唇，這傢伙，到底知道不知道在這裏開個包廂，光是房間費就得七八百了？

但瞧周宣的樣子怕是不知道吧，張蕾有心提醒一下，但周宣正得意洋洋地跟那女服務生要開一間最大的房間。

那女服務生怔了怔，隨即問道：「最大的房間？請問先生，您有幾位？」

「這還用我說啊？」周宣指著張蕾，然後又指了指自己，說道，「一加一等於幾，你不會算麼？」

那女服務生臉一紅，爭辯道：「先生，您就兩位，開那麼大一個房間，不划算的，要我說當然是沒有問題，反正也是收那麼多錢。」

「嗯，不用多說了，就開最大間的吧。」周宣擺擺手吩咐著，嘴裏還在嘀咕著，「不就一間房間，大也是坐，小也是坐，坐大間的多耗你空調，吃不回來也要賺電費回來。」

張蕾聽得又好氣又好笑。周宣這口氣，純粹就是一個深山裏剛出來的鄉巴佬，想想也有可能是的，有如此高強的武術，多半是從深山裏來的，不諳世事。

那前臺小姐不再跟周宣鬥嘴爭辯，反正是他付錢，要開大的就開大的吧，浪費不浪費，那也是他的事，隨即給他開了一間最大的房，僅房費就是八百。

一邊等候的一個服務生趕緊領著他們兩個到二樓的包廂。

張蕾跟著周宣一直到房間裏後，服務員先倒茶水，趁服務員離得遠些的時候，張蕾偷偷扯了扯周宣的衣袖，然後低聲問道：「周宣，你知道不知道這裏吃飯要多少錢？就是開這一間房，房費都要不少錢呢。」

周宣嘿嘿一笑，拍了拍自己的口袋，然後側頭在張蕾耳邊輕輕說道：「放心吧，我口袋裏有五百塊呢，別擔心，錢大大的有。」

張蕾幾欲氣得暈了過去，這傢伙，自己說請他吃飯不超過五十，後來加到一百，那純粹是開玩笑的話，但這傢伙好像是當真了，自以爲請自己吃五百塊就是高消費了，自己卻又偏偏帶他來到城裏最貴的餐廳，不是給自己找沒趣嗎？

張蕾還沒說話，那服務員已經過來遞上茶水菜單，周宣知道張蕾的意思，不給她機會，笑了笑，站起身說道：「我上個廁所。」

溜出去後，周宣便到櫃台處問餐廳裏吃什麼最貴，服務員告訴他，最貴的應該是豪華套餐，不過點套餐的很少，一般人來吃都是單點，訂套餐的大多是紅白喜事，不過大都是三千到一萬五以內一桌的標準，套餐中最貴的天價套餐，高到三十六萬一桌，菜當然是超標準的，就連餐具都是幾萬元一套的，再配上名酒，這一桌幾十萬就不奇怪了。

周宣看了看服務員遞給他的套餐內容，當即指著三十六萬的套餐說道：「就來這個。」

那服務員頓時嚇了一跳，話也不敢說了，趕緊把經理叫過來，讓漂亮的女經理跟周宣說話，女經理的表情當然更是笑容滿面的。

一般來說，叫幾萬的套餐有不少人，但幾十萬一桌的套餐極少人叫，畢竟太奢侈了，這個最高標準的套餐自從推出來到現在，一共也只被點過三次，到現在，不過是店裏的一個象徵和招牌而已，根本就想不到今天會有人點。

「您好，先生，您真要點這個套餐？」女經理笑吟吟問著。

周宣淡淡道：「怎麼，怕我給不起錢？那好，這錢我就先給了吧。」說著，從衣袋裏掏出皮夾來，把銀行卡取出來遞給她。

那女經理訕訕一笑，把卡接了，讓收銀員刷三十六萬來再說。這麼大一筆費用，她不擔心是假的，收到了錢才是真的。

等收銀員把卡刷了，再打出單據來，那女經理便知道周宣是個真正的有錢人，如果卡裏沒錢是刷不了的，而且周宣一直是面不改色的樣子，如果他的身家只有幾百萬，一下子刷三十六萬來吃一頓飯，那肯定是肉痛，捨不得的，即使有幾千萬的身家，也不是這樣子花錢的，除非是億萬富豪，超級有錢的人。不過，現在的富豪們很少有這麼年輕的，看樣子，周宣是個徹頭徹尾的富二代了。

周宣在單據上簽了名後，收回了卡片，又說道：「我請的是女孩子，錢先付了，不過我有幾個要求，進去的服務員都不准說我已經付過錢，或者是這頓套餐的價錢，只要上菜就好，別的話一句都不要說。等一下吃完後，我會帶著我朋友偷偷溜走，你們的人只要裝作看不到就行了。」

那女經理一怔，不過隨即又微笑起來，滿口答應著：「沒問題沒問題，您怎麼吩咐我們就怎麼做。」

只要周宣把錢付了，他要什麼樣的服務，自然照做，這樣一個大客戶，說是上帝也不為

過，到哪裡去找這麼豪爽大方的客人啊？

這三十六萬，店裏的利潤起碼就有十萬以上，價錢越高的套餐，利潤也越高，有的能達到對半開。只是周宣的要求還真有些奇怪，一般人帶女孩子來吃飯，那還不顯擺一下，擺擺譜？可他卻好，不擺面子不說，反而不讓人家知道價錢，吃完還要帶女孩子偷偷溜走，真是怪癖好。不過，要怎麼樣都由得他說了算，付錢的是老大。

周宣叮囑完後，這才笑咪咪回到房間裏。

張蕾正咬唇惱怒著，本來她是想一走了之，不吃這頓飯的，但又想到，周宣既然跟她已是同事了，人家又好心好意請她吃飯，錯就錯在他不懂事，還以為這裏幾百塊就可以打發了，看在今天一起共患難，又立了大功的份上，乾脆自己吃個虧，就當扔個兩三千，自己請他吃吧，要是自己偷偷溜跑了的話，搞不好周宣後面大吃一頓就走不了人了。

患得患失之下，張蕾最終還是沒有走掉。不過，看到周宣笑容滿面的回來，心裏就氣了，這傢伙，真是什麼都不知道。

那服務員已經被經理叫出去囑咐過了，而進來上菜的服務生都是專門挑選過的，不會露出任何馬腳。所以周宣一坐下後，張蕾就要拿起菜單點菜，她自己點，心裏還有數，別點太好的。

不過周宣伸手擺了擺，叫道：「趕緊上菜，上最好的，要快。」

那服務員點點頭應道：「菜馬上就上來了，請稍等。」

張蕾氣呼呼地直瞪眼，周宣特地用手拍了拍自己的衣袋，示意自己身上有五百塊錢，不用擔心。張蕾幾欲暈去，若是叫最好的菜，五百塊就連一道菜都不夠，別說其他的了，如同張蕾所想一般，就連房間費都不夠。

首先上的是一小碗銀耳燕窩粥，在上菜之前，先喝喝粥，接著是鮑魚，石斑，魚翅……

張蕾一看那些菜，鮑魚、魚翅的色澤極好，都是極品的魚翅，這些菜，沒有一道是便宜的，就是因爲周宣說了一句：「上最好的，要快」，上來的就是這些最貴的菜。

周宣笑呵呵地拿起筷子就吃，一邊吃一邊讚道：「不錯不錯，這地方還真不錯，下次再來，張蕾，怎麼不吃啊？快吃快吃！」

張蕾攔都攔不住，周宣動作極快，等她反應過來，周宣已經吃了好幾口，動了好幾道菜了。這時候就算要退，也沒得退了，頓時氣得胸口一起一伏直喘氣。

服務員又上來問道：「先生，小姐，這份套餐配的酒有兩種，九一年的茅臺和八九年的五糧液，請問要哪一種？」

周宣擺擺手道：「當然是年代久的了，要五糧液。」

張蕾急急搖手道：「不要不要了，我們不喝酒。」她心想，這一瓶酒至少都要數萬的價

錢起，估計把酒推了，只付菜錢都未必夠！於是她心一橫，準備不夠就拿自己的兩萬塊來拼了吧。

不過那服務員說道：「不要？如果你們不要酒的話，價錢也不能少算，這是套餐裏包含的！」

「上的是套餐啊？」張蕾怔了怔，問了一句，臉色立即沉了下來，又想發怒，卻又不好對服務員發，瞧了瞧周宣，這個討厭的傢伙，此刻正埋頭大吃。

菜確實好，花了這麼多錢還不好吃的話，那就是砸招牌的事了。

周宣一邊吃，一邊對張蕾說道：「張蕾，幹嘛呢？快吃快吃，不吃白不吃啊，不吃也要給那麼多錢的！」

張蕾氣惱地問道：「你就知道吃，你知道這一桌子菜要多少錢嗎？還有那酒，你又知道要多少錢嗎？」

周宣狠狠又拍了拍自己的衣袋，說道：「五百塊錢在口袋裏呢，你怕什麼？在我們老家，包穀酒兩塊錢一斤，五十塊錢能喝到你死，你還怕錢不夠啊？放心吧，我負責！」

張蕾惱怒得反而笑了，這傢伙，當真是一個不知道天高地厚的主，想想之前對劉興洲的事就明白了，原來不是他有依仗，而是他就這種性格，索性不管他了，反正他也吃了，自己不吃也是一樣的結果，乾脆吃吧！他背後不是有傅遠山這樣的大官撐著嗎？實在不行，就把他抬出來，讓他來解決！

張蕾這樣一想，也就不管不顧了，拿起筷子就吃。確實有些餓了，這些菜又不是吹牛的，上萬的價錢，一分錢一分貨嘛，果真是好吃到了極點。

服務員把五糧液捧出來，然後給他們一人倒了一杯，張蕾氣得暈頭了，想也不想就端酒喝了一杯，這杯子極小極小，酒倒進嘴裏，很醇，一點也不嗆人，張蕾一連喝了兩三杯。

周宣知道這酒很醇，但後勁還不小，還好這杯子確實小，跟手指頭差不多大，喝幾杯也壞不了事。

張蕾是氣惱，不管三七二十一，跟周宣一樣大吃大喝，吃到最後吃不下的時候，服務員還在上菜，這個最高級的套餐，最少能供八到十二個人吃，他們兩個人就算再能吃，也吃不了那麼多。

周宣吃得有些撐了，站起身說道：「我上個廁所。」

張蕾這一下可不由他走了，站起身道：「我跟你一起去，別想逃。」

周宣失笑道：「我逃什麼，口袋裏有錢呢，我上廁所你跟著我像什麼話？」

張蕾氣呼呼的低聲說道：「現在你想跑啊，門都沒有，你知道這一桌要多少錢嗎？你問問那服務員看看？那瓶酒你知道要多少錢嗎？還真以為是你們鄉下的包穀酒啊？」

周宣滿不在乎地道：「能貴到哪裡去？」

張蕾又氣又好笑地嘆道：「你也就適合在山裏住，我就奇怪了，怎麼現在還會有你這種人啊？」

周宣呵呵一笑，對那服務員招手問道：「服務員，那酒要多少錢啊？」

服務員瞄了瞄周宣，見是他問話，也就小心地說道：「那酒十二萬。」

「十二萬？」

張蕾忍不住驚呼道，她知道那酒很貴，原以爲不過是三四萬吧，卻沒想到是十二萬，呆了呆後，又指著一桌子的菜問道：「這一桌套餐要多少錢？」

「這個套餐……」那服務員是得到經理囑咐的，所以有些猶豫，又瞧了瞧周宣，周宣點了點頭，說道：「你就說吧，這一桌要多少錢？」

# 第一〇七章

# 霸王餐

周宣把袖子一捲，起身就要出門，張蕾忙不迭地跟了出來。
如果周宣一定要逃走的話，她也沒有別的辦法，
這個本來似乎是天不怕地不怕的女孩子，
此刻卻是因為吃了霸王餐而逃命，被戲弄得也夠了。

「這是我們店價格最高的菜色，是三十六萬的套餐，就是你們用的這套餐具，也值三萬多塊錢的。」服務員很是小心地回答著。

「三十六萬？」坐著的張蕾差點摔了一跤，她口袋裏只有兩萬塊，三十六萬連零頭都不夠，這事要鬧出去，她可太沒臉面了。她不敢讓家人知道，看來還是扔給周宣去處理吧，讓他把傅遠山叫來處理，否則今天肯定下不了臺了。

周宣當即對那服務員擺擺手說道：「你出去吧，我們沒有叫人就不要進來了。」

那服務員巴不得趕緊出去等候。像這樣的房間，是有專人伺候的，即使客人不要她們在房間裏，她們也得在房間外等候，一直到客人走掉爲止。不過，在房間外自然是比在房間裏要好得多了。在房間裏伺候，還得一直站著，倒酒端菜，在外面就省心了，可以自由走動一下，跟同伴聊聊天什麼的。

等服務員一出去，周宣才裝模作樣哭喪著臉道：「小……小張，三十六萬，這可怎麼辦才好？這不是敲詐嗎？我老家的包穀酒才……」

「包穀你個頭！」張蕾氣不打一處來，一邊掏出錢包取了銀行卡，狠狠扔到周宣面前，一邊又惱道，「你當還是你家鄉下的包穀酒，兩塊錢一斤啊？我這兒只有兩萬塊！我不管，賣了我也沒錢了。」

周宣忍不住想笑，又強行忍著，臉上的表情無比的怪異。這個張蕾，性子倒是直爽，心也還是不壞，怕他一個人沒付錢走不了人，也沒悄悄跑掉，一急之下，竟然把自己的私房錢都拿了出來。

周宣端起茶杯喝了一大口茶，這才止住了笑，瞧著張蕾又惱又怒的表情，想了想，然後又瞧了瞧門外，見門是關著的，就放低了聲音說道：

「我身上只有五百塊錢，怎麼也是不夠的，現在只有一條路可走了。」

「什麼路？」張蕾氣呼呼地問道。

「逃！」周宣一邊說一邊比劃著，「我們裝作去廁所，然後趁機溜掉！」

「切！」張蕾惱了一聲，她還以爲他真有什麼好辦法，以爲他是要打電話叫傅遠山過來呢，以傅遠山的官職來講，肯定會好說話些，也許給個一兩萬，或者不給也能過去了，但周宣卻是說出了這個無恥的辦法出來。

不過，也無他法可想了，就衝周宣這副表情，想也想得到，他家裏的經濟狀況肯定是不太好，就算還過得去，但要爲了吃一頓飯而付出三十六萬，怕也不是容易的事，這在普通家庭中，可是個天文數字。

周宣是說幹就幹，把袖子一捲，起身就要出門，張蕾忙不迭地跟了出來。如果周宣一定要逃走的話，她也沒有別的辦法，只能選擇跟著逃了，要是留在這裏，如果給家裏人知道了，那就出了天大的醜了。

周宣看到張蕾害怕地跟在他身後，著實好笑，這個本來似乎是天不怕地不怕的女孩子，此刻卻是因爲吃了霸王餐而逃命，被戲弄得也夠了。

開了門後，站在門口的兩名服務員趕緊躬身行了一禮，周宣笑呵呵地指著洗手間的方向，說道：「上洗手間。」

張蕾雖然嬌蠻，但從小到大，又哪裡幹過這樣的事？此刻自覺心虛，躲在周宣背後，低著頭跟著，頭都不敢抬一下。

周宣走到轉彎處，順手拖了張蕾的手便往樓下急走，張蕾心抖得厲害，一句話不敢說，只是緊跟著周宣的步子。

還好，在前臺結賬處，幾個迎賓女子都是躬身行禮，不曾問結賬的事，只一起說了聲：「請慢走，歡迎再次光臨。」

兩人一起出門，周宣是假裝的，張蕾卻是真急，一顆心緊張得快要從胸口中跳出來了，這幾步路簡直就像幾里路一般難走。

好不容易出了大門，張蕾把周宣的手一摔，急急地到停車場上把自己的車開出來。

到路口處等周宣上了車，她把油門一踩，車子就迅速竄到公路上。

張蕾幾乎是像跟賽車一般瘋狂開著車，把周宣弄得東倒西歪的，頭在車門就撞了好幾下。

直到開出了一兩公里後，張蕾才把車速放緩下來，先是從照後鏡中看了看有沒有跟蹤的可疑車輛，之後才大口大口喘起氣來。

張蕾只是開車，並沒有做體力活，但這一刻，卻有如爬了一座高山，累到極點一般，人差點虛脫了。

張蕾索性把車停靠在路邊，好好歇了一陣，然後才對周宣惱怒地說道：

「你這傢伙，我早說過了，那裏很貴很貴，你偏要去，還要開最好最大的房間！這一下好了吧，花了三十六萬，然後逃跑，我猜明天早上上班後，就看得到人家報案了！三十六萬，放到誰手上都不是小數目，我看你要怎麼辦？」

「既然我們都成功逃脫了，他們又哪裡會知道我們是什麼人，住在哪裡？」周宣滿不在乎地回答道，「要真到了那一步，那就再說吧！現在想那麼多有什麼用？平添一份煩惱，搞到晚上睡不著覺，不是更不值得？」

周宣這是哪壺不開提哪壺，張蕾已經急得有些手足無措了。雖然現在人是逃出來，但畢竟她從來沒有做過這樣的事，而且這一次數目巨大，三十多萬，心理上哪裡承受得了？

周宣越是那樣說，張蕾就越是著急，晚上鐵定是睡不著覺了。

周宣把車門打開，然後說道：「什麼也別想，明天再說，我就在這裏下車，自己搭車回

去。」

張蕾此刻已經愁得眉眼都擠在一堆了，漂亮的臉蛋上儘是愁雲。

周宣愣了一下，看來自己真把她嚇到了，以她現在的心神狀態，還真不敢讓她開車，搞不好會出事。這倒真是搬起石頭砸了自己的腳，想了想，說道：

「唉，看你嚇的，實話告訴你吧，剛剛我是騙你的，吃飯的錢我已經付了，不用擔心，不用害怕，什麼事都沒有！」

張蕾「呸」了一聲，惱道：「我才不信呢，你有那麼多錢嗎？好不容易做個員警吧，看你的樣子又不爭氣，不求上進，還淨給家裏人惹麻煩！原以爲我碰到了一個神奇的武林高手，卻沒想到是給自己惹上了一個大麻煩！」

聽到張蕾唉聲嘆氣地說著，絲毫不相信自己的話，周宣不禁尷尬起來，如果現在不解釋清楚，張蕾絕對會精神恍惚，要是出事的話，就真不好了。

想了想，周宣掏出錢包把銀行卡掏了出來，遞給張蕾說道：「張蕾，我真的付錢了，剛剛只是嚇嚇你，我就是用這張卡刷的。」

張蕾把銀行卡拿到手中瞧了瞧，哼了哼道：「你騙鬼啊，銀行卡人人都有，但有沒有錢誰知道啊，它又不會自己說話。」

「你……你要不相信，找個銀行在櫃員機上查一查不就知道了？」周宣一時情急，這張蕾要真不相信，一時間他還真想不出什麼法子來。

張蕾哼了哼，又說道：「那我問你，你說你這卡裏有多少錢？」

周宣一時間瞠目結舌，他這張卡中到底有多少錢，他可從來不清楚，從最早之前魏海洪給他轉過來的兩億多起，他就從來沒取過錢，後來張老大那邊又存進了賣產品和微雕等貨款，還有別的收入，總之，這張卡裏至少已經超過了十億，但到底有多少錢，周宣也說不清。

張蕾一看到周宣是這種表情，就更相信周宣說的是假話了，一個人哪有不知道自己銀行裏有多少錢的？要是自己，連尾數有多少都知道，就算不是很清楚，但大致上也會知道吧？

「你能說出個大概也行。說吧，裏面有多少錢？」張蕾想了想又問道，只要周宣能說出個大概，就怕他是騙自己亂瞎扯的。

周宣摸了摸頭，仔細想了想，還是沒有概念，遲疑著說道：「我確實不記得了，有可能是四億吧，要不就是六億，七八億也有可能。」

「呸，你就吹牛吧你！」張蕾鄙夷地說了聲，沒想到周宣看起來老實，卻喜歡吹牛，連說謊的技巧都沒有，你說四億就四億吧，又說是六億，還有可能是七八億?!確定不了就不說，而且這個數字也太離譜了，通常有這麼多錢的人，如果是商界人士的話，那絕不會來做警察的，做了警察，那還有可能說明他是一個富二代，但無論哪個富二代，在沒有足夠實力

的時候，他的家長也絕不會隨便給他幾億的零花錢，所以張蕾覺得周宣根本是在瞎吹。

周宣嘆了一聲，準備下車，抬眼間，便瞧見前面不遠處便有一間銀行，當即指著那個方向說道：「那裡有一間銀行，你可以查一下，這卡的密碼是六個八，你看到裏面有錢就知道我確實是付了吃飯的錢，也就不用再擔心了，好好開車，回去睡個好覺，明天好上班！」

張蕾哼道：「我又不是小孩子，要你叮囑什麼？」

周宣笑笑道：「那我就放心了！」說完，就打開車門下了車，在路邊隨手攔了輛計程車上了車。

張蕾看到周宣坐的計程車開遠了，這才想到他的卡片還在自己手中，又想到他這卡裏肯定沒錢吧，否則又怎麼會這麼大意？再說，自己也不相信他真付了那三十六萬元的飯錢。

停了片刻，這才開車往家走，不過，當車開到前邊的銀行時，心中一動，忍不住還是停了車，然後下車到銀行的櫃員機邊。

張蕾自己都覺得有些好笑，自己怎麼會相信這傢伙卡裏有錢呢？

把銀行卡插進機器裏後，顯示幕上顯示出「請輸入密碼」的字樣，張蕾便按照周宣所說的，輸入了六個八，然後按了確定。

接下來，大約四五秒鐘過後，螢幕上便顯示了卡裏的餘額數字。張蕾看到螢幕上顯示了一大串數字，一時還沒有反應過來，只看到一大串數字的前面是一到九不等的數字，最前面是七十一。

張蕾愣了愣，好半天才反應過來，周宣這卡裏面真的有錢！

只是數目是多少，張蕾還真有些遲鈍了，主要是因爲數字太長。她呆了一陣，才趕緊用手指指著那數字數了起來：「個，十，百，千，萬，十萬，百萬，千萬……億……」

數到億時，張蕾手指顫抖了起來，努力鎮定了一下，然後才再數了起來：

「億……十億……」

到這時，張蕾才弄清楚，最前面的那個七，是在十億的位置上，也就是說，周宣這卡裏面有七十一億的現金。

七十一億！

張蕾的身子禁不住搖晃了一下，差點摔倒！

她好不容易扶著櫃員機旁邊的牆壁才穩住了身體，待心神完全定下來後，又再數了一遍，這次確定了確實是七十一億多的現金，一時讓張蕾呆若木雞。

她倒不是羨慕周宣如此有錢，而是驚異周宣怎麼會這麼有錢？難道他真的沒有撒謊，是一個億萬富翁？難道是貪污得來的？

不過，張蕾馬上就否定了自己這個想法。以周宣那個級別地位，就算再明目張膽，也沒辦法貪到七十一億的現金，這個數字，就是放到傅遠山那樣的高階長官，以他的職務之便，

要貪到七十一億，也是不可能的，確實讓張蕾難以想像周宣的底細。

把銀行卡取出來，張蕾心事重重地回到車上，在座位上坐了好半天，這才開了車往家走。到現在，張蕾才相信周宣是真付了吃飯的那三十六萬。

又開了一會兒車，張蕾突然想到，周宣的銀行卡還在她手中，這麼大一筆錢在自己手中，怎麼就沒有激動的感覺？難道周宣就不擔心自己把錢取了？

張蕾到底還是沒有貪心，之所以覺得驚訝，是周宣真有這麼大一筆現金，實在令人意外，只是她壓根兒也沒想到要把別人的錢據爲己有，但這麼大一筆錢在自己手中，不應該是她著急，而是周宣著急吧？

不知道周宣住哪裡？雖然今天跟周宣上了一天班，合作了一天，但還不知道周宣的電話號碼是多少，也就是說，如果她現在要聯繫周宣的話，也只能等到明天上班後才知道。

張蕾嘀嘀咕咕著開車回家，不過，現在的心情倒是開朗了。畢竟不用擔心餐廳那一大筆餐費怎麼解決的事了。在開車的時候，她又想起周宣曾經跟她說過，他不但很有錢，還有嬌妻，這時候想來，難道那也是真的？如果他真有妻子了，那會是個什麼樣的女人？真如他所說，比自己還要漂亮得多？

周宣坐了計程車回到家裏，傅盈和老媽幾個人正在玩撲克牌，看到周宣回來後，都扔了牌匾過來。

金秀梅打量著兒子，笑呵呵讚道：「兒子，你這身警服穿在身上真是太威風太帥氣了，不愧是我的兒子！」

周宣哈哈一笑，這衣服要是穿在別人身上，就肯定沒他帥了。

金秀梅拉著兒子坐下來，一邊看著他一邊說道：「兒子，要是你長期幹這個員警，老媽我就開心了，錢雖然賺得不多，但我覺得很踏實，是個實在的工作！」

周宣心中一動，老媽是這次給人打怕了，想了想就說道：「媽，只要你喜歡，你想我幹多久我就幹多久，反正我也沒別的事。」

只要讓老媽高興的事，周宣都願意做。傅遠山做了局長之後，自己在那兒又不用勾心鬥角的，做個小員警就好了，過一段朝九晚五的上班生活，也是不錯的選擇。

傅盈給周宣端了一杯熱茶，然後問道：「上班累不累？我可聽說了，員警是最累最危險的職業之一！」

周宣笑笑搖頭道：「抓人巡邏的事又不歸我管，分派給我的任務就只是分析未破的難案，從物證處的證物上找破綻，基本上都是在辦公室裏，你說能有什麼危險？」

傅盈倒是相信周宣的話，因爲她知道周宣的能力，即使他去執行任務，危險性也要比別的員警低得多，但最好還是不要碰到那樣的事，分析案子就夠了。

傅盈歪頭看著周宣臉上笑吟吟的，問道：「什麼事那麼開心？」

周宣隨口說道：「我搭檔的一個同事，很搞笑！」

「這個同事是女的吧？」傅盈臉色古怪地問著周宣。

周宣一怔，才知道自己說漏了嘴，訕訕地笑了笑，然後點點頭道：「是女的。」

「漂亮嗎？」傅盈又問道。

這一下周宣絲毫沒有猶豫，馬上就回答道：「她哪有我的盈盈漂亮？」

「去你的，言不由衷。」傅盈心裏高興，但嘴上還是啐道。女孩子就是喜歡說反話，心裏高興卻要裝得不高興，不高興的時候，或許還要偏偏裝得高興。

劉嫂煲了些粥，周宣實在是吃不下，推了推，然後就到樓上房間裏洗澡，換了身衣服後坐在房間中，頭髮還有些濕，當即運起異能，把濕水轉化吞噬掉，身上頓時乾爽起來。

看到房間牆角處那個保險櫃，周宣記起裏面還藏著九星珠，當即按了密碼打開保險櫃，裏面的確擺放著八顆九星珠。

原來還有一顆，就是周宣帶走的那一顆，已經融入了他的異能中，讓他的異能更提升了一級，讓他能直接把太陽能轉化爲異能。也就是說，只要能見到太陽，周宣都能讓異能爆發，並且能量源源不斷。也就是因爲這個，他在英國面對屠手中的頂級殺手時，才殺了他們一個措手不及，否則還真有可能吃大虧。

一想到屠手，周宣馬上又想到了圖魯克親王——這個跟著他來到國內，現在還住在魏海洪別墅中的異國親王。

這幾天忙著傅遠山這事，竟然忘了還有一個圖魯克在等著他保護呢。不過，沒聽到魏海洪那邊有什麼通知，想來是沒有事情發生。

這裏是在國內，已經不太可能像在國外那般，屠手也不可能會無所顧忌。而周宣也猜測到，屠手中有異能的人也就只有兩三個，在英格蘭碰到的那兩個，聽毛峰說了，是二三號人物，給自己和毛峰聯手殺了一個，重傷了一個，現在只剩下一個，對自己已經構不成多大的威脅了。

屠手組織中令人害怕的，是他們手下會使用異能子彈，這有些令人防不勝防，而最讓人擔心的，則是屠手中那個連毛峰也不清楚的頭號人物。

這個人物讓周宣尤其擔心，既然把屠手給得罪了，想必屠手肯定不會善罷甘休，那個頭號人物，恐怕是不容易對付的。

周宣自從得到異能後，幾乎就沒有遇到再身懷異能的人，他曾一度以爲自己就是這個世界裏的唯一，但後來遇到馬樹後，才算打破了這個想法。不過馬樹比起他的異能來，算是不同一個級別，不過馬樹的異能也有些奇特的地方，就是因爲他能讀到自己內心的秘密，所以才讓他得到了與自己同樣的異能，這才讓他掉進了極度的危險中，讓傅盈與自己分離，進而

造成了與魏曉雨的這件事。

再後來，又在海上遇到毛峰。不過，毛峰的異能完全是因他自己造成的，如果不是他在海底把含有火隕的箭魚給引出來，毛峰又怎麼能夠得到火隕呢？給他天大的本事他也沒辦法得到，不僅得不到，恐怕是找都找不到吧。

這個毛峰和馬樹，他們的異能基本上都是周宣教會的，而真正遇到與他無關的有異能的人，那就是屠手中那兩個巨人漢子了，自己差點栽在他們手中，想想這兩個人都這麼厲害，那他們的頭腦人物，天知道會厲害成什麼樣子呢？

對自己的異能，周宣一直是自信滿滿的，但自從遇到那兩個人後，周宣就有些害怕了，不是害怕別的，而是害怕屠手中的人對付自己的家人，對付自己的朋友。就算自己有天大的本事，那也不能面面顧及啊，而且他現在根本不清楚，那個從未見過的屠手中的首腦人物到底是個什麼樣的人呢？是跟他一樣偶然獲得的異能呢，又或者本身就是一個外星人？

周宣可以相信，屠手中的那個首腦人物肯定有著與自己同樣級別的異能，類型同不同不知道，但肯定不在自己之下。

周宣還是在多次磨難、多次奇遇過後，才領悟到了那麼多的異能方法，也就是說，異能並不是一次就能學會的，就好像升級一樣，是漸漸得到領會的。

而那個神秘對手的異能，又是如何取得的呢？

周宣覺得有些頭痛。一直以來，他都是一個極怕麻煩，極怕複雜的人。但屠手的事，現在已經變成了一個複雜又令他害怕的事情了。

關鍵是對那個首腦人物的擔心害怕，俗話說，知己知彼，方能百戰百勝，但現在，對方應該可以輕易就熟知他和他的家人，而自己對屠手首腦卻是半點不知。

九星珠還剩八顆，周宣猶豫了一下，還是沒有把它們銷毀的意思。就是之前銷毀的九龍鼎，周宣忽然都有些後悔可惜了，也許在對付屠手首腦時，這些功能特異的物品還可能起到大作用，能救他的命也說不定。

至少九星珠就起到了那樣的作用。因為之前周宣吸收了那顆九星珠的粉末碎片後，身體就成了一個能源源不斷吸收太陽光的能量轉換器，也因此在能量耗盡時，讓屠手中那兩個殺手誤會周宣已經油盡燈枯，放鬆警惕後，結果給周宣一舉擊殺一個。這都是九星珠起到的意外作用。要是在銷毀九龍鼎的時候，周宣再把九星珠一起銷毀，那說不定現在他早已經給屠手中的那兩名異能殺手給毀滅了，哪還能活到現在？

不過九星珠雖然有用，但周宣已經得到一顆，將自己身體異化了，估計再作同樣的事也不會起到什麼大作用，先放起來備用吧。

現在有能直接吸收太陽光熱能轉化為異能的能力，周宣甚至連運功練習都比較少做了，晚上睡覺前練幾遍就了事，茶來伸手飯來張口的事，的確能讓人變懶散。

隨意練了幾遍後，周宣從床頭櫃上拿了一本古玩鑒定的書，躺在床上翻開書只看了幾分鐘便立即睡著了。對於周宣來說，躺著看書是天字第一號的催眠法寶，百試不爽。

第二天早上，周宣起床後，傅盈起身為他取了一套衣服出來，然後漫不經心地問道：「你昨天的衣服我拿去洗了，有點怪怪的味道。」

「什麼怪怪的味道？」周宣詫異地問道，他又沒跳進大糞坑裏，也沒有噴香水，能有什麼怪味道？

傅盈瞄了瞄周宣，咬著唇道：「是女人的味道啊，女人身上的香水味，如果不是靠得特別近，不可能會留下吧？」

「有嗎？」周宣怔了怔，隨即道：「那肯定是張蕾的，我倒不記得她身上有香水味啊，再說，我也跟她沒怎麼靠近啊，不就是在一個辦公室、坐同一輛車而已，你的嗅覺太靈敏了吧？」

周宣為人不做虧心事，半夜敲門心不驚，所以笑嘻嘻回答著。傅盈自然是相信他的，但就是會莫名其妙地吃醋。

不過周宣說得十分坦然，人家是同事，在一個辦公室，那也是很正常的事啊，所以心裏也舒服了些，把周宣要換的衣褲放到了床頭上。

周宣先到洗手間裏洗漱了，然後才出來穿好衣褲，牽著傅盈的手一起到樓下。大廳裏，一家人都在，正等著他下來吃早餐呢。

周宣看了看，連阿昌都在，當即笑著打了聲招呼，邀了他一起過去吃早餐。

吃過早餐後，周宣又有意無意地囑咐了阿昌和傅盈，讓他們儘量別出去。好在老媽受到驚嚇之後，最近都不願出門，成天就待在家裏。要是出去的話，周宣還真不知道怎麼說屠手的這件事情。現在他還不敢說，即使說，也只能對傅盈和阿昌兩個人說，不能對父母弟妹說，以免嚇到他們。

周宣出門的時候，傅盈要開車送他，周宣低聲在傅盈耳邊說道：

「盈盈，你別送我，我搭車去就好了，你多陪陪媽。」

傅盈想了想，也就同意了，點點頭，目送著周宣出門。

周宣在宏城廣場邊搭了計程車，然後往市局的方向去。

快到市局大門口時，周宣看到張蕾正站在門外沒進去。

周宣下了車，給了車費，然後才問張蕾：「你怎麼在門口不進去？」

「等你呢。」張蕾看了看表，嘿嘿笑道：「你真大牌，遲到半小時才到，而且還是第二天上班，我要是老闆就炒了你。」

「是麼？我遲到了？」周宣詫道，然後看了看手機上的時間，果真是，都快九點半了，

訕訕笑道，「遲到就遲到吧，老闆要炒了我那也沒辦法，我這個人，天生懶散。」

張蕾笑說道：「就知道你會這樣說。誰敢炒你啊，我瞧你跟傅局長的樣子，你才是局長，傅局長反倒像你的手下一般，當個職員當到你這樣，那也算是天下一奇了。」

兩人一邊說著笑著，一起進了大樓。在等電梯時，因爲已經過了上班時間，所以並沒有人，很輕鬆就乘到電梯，而且電梯裏也沒有其他人。

周宣在電梯中便說道：「我是遲到了，可你不也遲到了嗎？你怎麼就不怕？」

「我跟你是搭檔，自然是共進共退了，你沒來上班，我自然就在門口等你一起。」張蕾笑吟吟地說著。

她昨晚回家後，把白天發生的事跟父親說了。她父親是省廳的副廳長，對市局發生的事自然極為清楚，當聽到傅遠山有如此能耐時，還真不相信，這跟天方夜譚一般。他是從小員警幹起來的，對這方面瞭解得很，破案的事，尤其是陳年的懸案，哪有那麼輕易就給人破了？而且還是在一天之內！像這樣的案子，要在這麼短時間內，就是破一宗，那也是比登天還難的事，怎麼可能一下子就破了七宗案子？

張蕾的父親立馬通過關係查詢了一下傅遠山的底細，本來他跟傅遠山是相識的，都是副廳長，還一起共事過幾個月，雖然不是很熟，但也算了解，只是從沒想到，傅遠山竟然升得這麼快，比他這個老員警都強得多。不過後來知道，他是魏海河提拔起來的，也算是明白了一些。魏海河的職位遠不是他能想像的，有這樣的後臺，有什麼辦不成？

張蕾的父親當即把事情問清楚了，又追問了女兒一些事，以他過來人的經驗猜測，傅遠山手下這個叫周宣的棋子絕對不簡單，又從女兒的口中得知，周宣是個超乎尋常的武術高手，高到無法想像。

張蕾的父親到底是老手，比張蕾的心思要縝密得多，想了想便囑咐她，一定要跟周宣搞好關係，看樣子，周宣極有可能是魏海河安插的人，否則不會那麼囂張。

# 第一〇八章

# 眾星捧月

張蕾平時對自己的容貌確實很自負，
她身旁的男子也都是眾星捧月一般捧著她，
但現在這個女服務生就比她漂亮了，
張蕾感覺人家確實比她更漂亮，有種自慚不如的念頭。

兩個人說說笑笑進到辦公室，幾個女職員趕緊露出笑臉示意，周宣便有些感慨起來，今天的表現跟昨天還真是完全兩樣。這些人都露出了諂媚的笑容，其中一個還起身說道：

「小張，小周，要咖啡嗎？」

「謝謝，不用，我們剛在家吃過早餐，不用了。」

周宣淡淡拒絕了，與張蕾兩個人一起坐到角落中。不過才剛坐下，就有一個女職員過來說道：「張蕾，劉處長請你到辦公室一趟。」

張蕾應了一聲，瞄了瞄周宣，然後說道：「好，我馬上就到。」

一邊起身走，張蕾一邊想到，難道是劉興洲因爲昨天的事要跟她道歉？又或者是要從她口中追問別的事情？此刻，她一肚子都是疑問。又想到，劉興洲怎麼不把周宣一起請過去呢？

在劉興洲的小辦公室裏輕輕敲了一下門，聽到劉興洲叫她進去之後，這才到了房間裏。

劉興洲因爲被羅副局長震到了，昨天他一晚覺都睡不好，今天一大早便決定要跟張蕾賠不是。不過左等不來，右等還是不來，直到過了上班時間，張蕾才姍姍來遲。

要是換了其他人，劉興洲自然是罵得厲害，但今天，張蕾和周宣他卻是不敢再得罪了，別說遲到，就是曠職也沒關係。所以，張蕾和周宣遲遲來到辦公室後，他也不敢有半句責問的意思。

周宣不明白，劉興洲不叫他一起到辦公室，那是因爲害怕，只叫張蕾過去，是因爲張蕾畢竟比周宣更早進警局，大家都熟絡。

當周宣把異能運起，探測著劉興洲和張蕾後，劉興洲的一舉一動，自然全都落在了周宣的眼裏。

周宣一邊探測著劉興洲說的話，一邊在尋思劉興洲到底要跟張蕾說什麼。

不過，劉興洲的第一句話便讓周宣訝異了，「小張，我們都是認識不短的同事了，別再爲難我好嗎？」

「我爲難你什麼？」張蕾一怔，沒有反應出他說這話是什麼意思，而自己剛剛想到，周宣的銀行卡還在她包裏呢，這可是七十一億，不是七百、七千，這麼多錢的銀行卡落在了她手裏，她心慌得很。

劉興洲有些吞吞吐吐的，這讓張蕾第一次見到劉處長竟然也會有這樣軟弱的表情，想了想又說道：「劉處長，您是處長，我是下屬，這些話您就不要說了，說了只會讓我害怕。」

劉興洲頓時狼狽起來，趕緊直是搖手道：「哪裡哪裡……」

張蕾又有意無意地說道：「劉處，我請求處罰，今天我跟周宣都遲到了，辦公室的同事都盯著呢。」

「管他們幹嘛，遲到就遲到吧，你們想幹什麼就幹什麼，咱們這是刑偵處，到哪兒都是

工作。」劉興洲想也不想就回答著，然後又道，「等一下我會訓斥她們，別的地方我不管，也管不了，但在咱們處，就得以績效說話！她們想要這樣，那也行啊，只要做得出跟你們一樣的成績，她們就是一天不在處裏露面，我也批准！」

劉興洲幾乎是拍馬一樣了，張蕾反而覺得沒什麼意思，這劉處長根本是個見風使舵的人，真不知道他是當處長呢，還是辦事的，要是這樣的想法，又怎麼會把精力放到辦實事中呢？

其實劉興洲是迫不得已，羅副局長不再接他的電話，讓他六神無主。現在，他就跟個沒爹沒娘的孩子一樣，雖然還任著處長的職位，但實際上，心裏比普通職員還要茫然。

普通職員反正也沒有要升遷的煩惱，怎麼樣都無所謂，上層如何調派，誰來任局長，他們都是做一樣的事，拿一樣的工資，所以不會那麼在意。

但像劉興洲這樣有官職的就不同了。有官職的人都想升得更高，必定就會打造關係網，只是經營了很久的人脈網，忽然在一瞬間崩塌掉了，那種茫然無所適從的感覺就有點可怕了。

一旦傅遠山上臺，實任市局局長之後，像他這樣的敵方派系明顯會被拋棄的。如果從這裏被排擠出去，調到別的區域，肯定就要開始走下坡路了。於是，他昨晚一晚上都睡不著，想找羅副局長商量一下看看要怎麼辦，但羅副局長連他的電話都不接。

這讓劉興洲頓時明白，羅副局長是拋棄他了。以後是好是壞，前程會怎麼樣，全得靠自己了。所以劉興洲一早來上班後，就在等待張蕾和周宣兩個人。

不過，他不好意思直接跟周宣談，畢竟昨天那一鬧，搞得跟撕破臉一樣，於是他想讓張蕾在中間搓和，要是能跟周宣說和，再讓周宣到傅遠山面前說說情，說他願意跟著傅遠山幹，也許事情還有轉機。這個時候，他不得不爲自己找一條出路。

可是張蕾不配合他，可以說，根本就沒給他什麼面子。劉興洲心裏有氣，但是又發作不出來。張蕾從來也不怕他，現在他的位置已經不保了，就更不必怕他了。今時不同往日，俗話說，落魄的鳳凰連雞都不如，劉興洲此時便是這種心情。

張蕾搞不清楚劉興洲到底是什麼居心，但有一點她是明白的，那就是劉興洲對周宣沒有敵對的念頭了，看來老爸說得沒錯，周宣的確不簡單。

「劉處長，如果沒其他的事，我回辦公室了。」

劉興洲又是訕訕一笑，這時才認識到，他一直以爲是個花瓶角色的張蕾，其實腦子裏的花招多得很，並不是他想像的那般單純，比如現在，幾乎軟硬都不吃，讓他有種油鹽不進的感覺。

於是，他只好「呵呵」的乾笑兩聲，然後點點頭道：「好好好，那……那就回去吧，回去吧……」

室。

張蕾看得出劉興洲意猶未盡的樣子，仍故意裝作不明白，轉身就走出了劉興洲的辦公室。

回到辦公室後，幾個同事今天的表情與昨天可是大不相同。昨天那個到劉興洲那兒打小報告的女同事，等到周宣和張蕾一進來，便笑吟吟地主動泡了兩杯咖啡送上，放到周宣桌子上時，還輕輕地說道：「我特意加多了糖的。」

伸手不打笑臉人，周宣就是這麼個性格，雖然瞧不起她這種人，但社會上絕大多數都是這種人，再說，她又不是自己的對手敵人，不過是想拉攏關係讓自己好過一些，虛榮，八卦，是絕大數普通人的習慣，也算無可厚非。

周宣微微笑道：「謝謝，謝謝，不好意思。」

再坐了一會兒，周宣看到這些同事時不時都在偷偷瞄著他，這絕不是認爲他很帥很瀟灑，可能還是昨天的行動已經在市局算是個公開的秘密了吧。

今天傅遠山是在市委開會，市局裏今天上班跟往時不一樣，就算前段時間局長調任之後，也沒有現在這樣的局面。

局長一調走，幾個副局長就各自站出來分攤管事，歸自己管的要管，不歸自己管的也要管，而今天卻是奇怪了，從上到下，從副局長到科股長、隊長、處長，全都有報告上來，說要等局長定奪，要彙報局長。傅遠山又不在，局裏就沒有一個人敢作主的。

要爭權的不爭了，愛做主的也不做了，市局從今天早上起，真的是出現權力真空了。

不過，昨天跟隨傅遠山一起行動的那十幾個受排擠的中層幹部，倒是如同過年一樣，興高采烈，昨天這一把還真是賭對了。當時也不知道是怎麼回事，本來要走掉的，竟然忽然就腿軟走不動了，才造成了今天的局面，看來還得謝謝老天爺啊。

當然他們並不知道，要真說感謝，他們還得感謝周宣。如果不是周宣用異能凍結了他們一下，那他們早都已經走出那間辦公室，今天，他們就不會有這種心情了。

而走在最前面的那兩個人，現在看著這些平時落魄的同事都開始昂頭挺胸起來，自己卻依然要被打入冷宮，那滋味，簡直就不用提了，後悔得腸子都青了。

但世上最難找的一種藥，就是「後悔藥」。

那個昨天手機被周宣毀掉的女職員，今天表情雖然有些不自然，但對周宣和張蕾態度卻是截然不同，熱情得很，還主動過來說道：「小周，有什麼事不知道的，吩咐我做就是，不過在這裏，基本上也是沒什麼事的，你就玩遊戲吧。」

周宣直是點頭，但越這樣說，越搞得他沒意思，遊戲也沒有心情玩了，隨便翻些網頁出來看看。

好不容易挨到了十二點，吃中飯的時間，周宣這才溜出去，加快了步子，免得和那些同

事要一起到市局食堂吃飯，再跟她們在一起，只怕頭都要炸掉了。

不過張蕾卻是跟了出來，周宣一直到市局大門外腳步才緩下來。張蕾並不慢，一直跟在他身邊，見周宣慢下來後才笑問道：「怎麼，你也煩她們了？」

周宣笑著搖搖頭，看來今天還得在外面吃一頓，但又不知道該往哪裡去。

張蕾說道：「看你的樣子，擔心沒吃的？」說著，把那張銀行卡拿了出來，又問道：「有七十一億現金在裏面，你還怕沒吃的？也不知道你哪賺來的這麼多錢，丟在我手裏，也不知道害怕擔心，你就不怕我把你的錢拿去用了？」

周宣淡淡一笑，這事他確實沒放在心上，張蕾把卡遞給他時，他順手接過來揣進口袋裏，然後說道：

「你拿也拿不了多少，單筆提款的最大額度控制在一百萬，超過這個金額，就得我的親筆簽名才能使用。別人拿到我的卡，也是沒什麼用的。拿個幾十萬能發得了大財？再說，還必須要有我的密碼才行。」

「不說了不說了，到哪裡吃飯？」張蕾格格一笑，隨即說道，在大路邊說，還不如找個地方吃飯好。

「隨你啊，我又不熟，你說到哪兒就到哪兒吧。」周宣隨意回答著，到哪兒他都無所謂。

張蕾笑笑道：「那好，有你這麼個大款做搭檔還真不錯，天天吃好的，還不帶重樣。」

張蕾一邊說，一邊招手攔了輛計程車，然後兩個人上車。

周宣自然是無所謂，上車後說道：「要不去昨天那兒吧，東西還挺好吃的。」

張蕾臉一紅，啐道：「打死我也不去那裏了，給你那麼一戲弄，那些服務生還不得偷偷嘲笑我啊，不去！」

周宣哈哈一笑，昨天的事的確有趣，也的確糊弄到她了。

今天去的餐廳，離昨天的地方要遠得多，是同一個方向，但規模要小些，但檔次並不差。

跟服務員進去後，張蕾也不到大廳，依舊開了一間單房，比在大廳裏要清靜得多，看到某些人不顧形象，甚至是直勾勾色眯眯的眼神，她就不爽，到雅間就沒那些顧慮了。

有周宣這個靠山在，張蕾今天再也沒有絲毫的擔心了，直接拿了菜單，專挑貴的選，這樣那樣又點了七八個菜，本來還想再點，但看到服務員有些吃驚的表情，想了想還是算了。

兩個人喝著茶等候，張蕾偏著頭看著周宣，眼神中儘是好奇，過了一會兒才問道：「周宣，你能說說你自己嗎？」

「說我？我有什麼好說的？」周宣詫道，「我又沒長三頭六臂。」

張蕾搖搖頭，嘆了一聲，然後說道：「我從來沒見過像你這麼奇怪的人，年輕，身手跟

傳說中的武林高手一樣，飛花摘葉都能傷人，不說萬夫莫敵吧，至少我看到的是百人莫敵。你身手好，但說是深山來的吧，身上隨便掏一張銀行卡出來，裏面就有七八十億，你到底是個什麼人？」

周宣尷尬一笑，不知道怎麼解釋，他的身分是傅遠山故意隱藏起來的，目的就是不想讓別人知道，所以他對張蕾也不知道怎麼解釋，想了想，乾脆裝糊塗，什麼都不說。

張蕾看著周宣端茶喝水來遮掩表情，又嘆了一聲，「不說就不說吧，反正你得天天請我吃飯，你這麼多錢，每天吃大餐都吃不窮你，只怕連利息都吃不完。」

這個周宣倒是無所謂，只要用錢能解決的，他從來都不小氣，那張銀行卡裏的錢，他還真不清楚裏面竟然有七十一億，他一直都搞不清楚自己到底有多少財產和現金，也根本就沒管過，所以一點印象都沒有。

張蕾又低低地說道：「你說你有嬌妻的事，也是真的？」

周宣趕緊點了點頭，說道：「是真的。」

「那你說我漂亮嗎？」張蕾盯著周宣似笑非笑問道。

周宣一怔，女孩子問這樣的問題，他是最怕聽到或者回答的，張蕾的確是很漂亮的一個女孩子，不過比起他的盈盈，那還是差了些，也許別人不會這樣認爲，但在周宣心裏，傅盈是最漂亮的。

「漂亮。」周宣點點頭回答，照事實說就行了，要說反話，恐怕張蕾也不高興，吃頓飯嘛，搞那麼多話題來幹嘛。

「那我跟你老婆，哪個更漂亮？」張蕾卻是不放過周宣，打破沙鍋問到底的勢態。

周宣怔了怔，想了想，然後說道：「我老婆漂亮。」

張蕾咬著唇哼了哼，說道：「看來你很愛你老婆啊。妻管嚴吧？這年頭，男人還是得有點男人的氣概吧！什麼事都被女人拴著，有什麼出息？」

周宣無言以對，這個張蕾，老是扯這些幹嘛，吃飯就吃飯，又不是來談心事的，再說，就算要談心事，自己也不會跟她談啊。

門外響起了一下輕輕的敲門聲，然後門被推開了，一個女服務員端著菜進來。

女服務員把菜端到大圓餐桌上，然後說道：「先生，小姐，請用餐。」

聽到女服務員清脆動聽的聲音，周宣和張蕾都是一怔，抬頭看著她。

周宣一看到女服務員的臉，頓時驚得「啊」了一聲，那女服務員雖然穿著店裏的制服，但一張臉嬌柔美麗，好像畫中仙子一般，這不是傅盈又是誰？

周宣吃驚不已，傅盈怎麼變成了服務員，還出現在這個地方？

而張蕾卻是吃驚，餐廳裏的服務員竟然漂亮到這個程度，這麼漂亮的一個女孩子，怎麼能在服務員的職位上待得住？

張蕾平時對自己的容貌確實很自負，她身旁的男子也都是眾星捧月一般捧著她，但現在這個女服務生就比她漂亮了，張蕾有這樣的感覺，人家確實比她更漂亮，有種自慚不如的念頭。

張蕾吃驚歸吃驚，而對周宣吃驚的表情，也歸根於見到了漂亮之極的女孩子，愛美之心，人皆有之，凡是看到漂亮的東西，又有誰不想多看一眼呢？

只是周宣呆了一下後，馬上就指著傅盈問道：「你……你……你怎麼會在這兒？」

傅盈淡淡道：「我在這兒工作啊，先生，請用餐。」說著，她就站到一旁等候上菜過來。

周宣哪裡還鎮定得下去？他搞不清楚，傅盈怎麼會到了這間餐廳，並做了服務員的，但傅盈既然在這裏，像現在這個樣子，他在沒弄清楚之前，又怎麼吃得下去？

難道還要傅盈站在邊上服侍，看著他跟張蕾吃大餐？

張蕾終於覺得有一絲不正常了，偏著頭盯著傅盈，又瞧了瞧周宣，問道：「周宣，你……認識她？」

一邊心想，男人啊，都不是好東西，看到漂亮的女孩子就起了邪念，可眼前這個女孩子，確實是太漂亮了，連張蕾這個女孩子都生不起來討厭的感覺。

傅盈臉色古怪，但很禮貌地回答著張蕾的話：「他認不認識我，我就不知道了，但我肯定不認識他，先生，小姐，請用餐。」

「慢著慢著！」周宣越想越不對勁。傅盈明顯生氣了，本來他跟張蕾出來吃飯沒什麼，但給盈盈誤會就不是好事，雖然想不通她是怎麼會到這間餐廳裏做了服務員的，但想來肯定不正常。

就在張蕾疑惑不解的時候，周宣已經站起身，一伸手把那漂亮女服務員的手拉住了，讓張蕾嚇了一跳，周宣幾時變得這麼大膽了？如果周宣是因爲這個女服務員太漂亮了而去調戲她，那張蕾也會對周宣的看法大爲改觀，起碼要重新認識周宣了。

但周宣說的話，讓張蕾的疑惑頓時減輕不少。

「盈盈，你怎麼會在這兒做服務員？媽呢？」周宣拉著傅盈的手就直問，一邊又用異能趕緊探測著餐廳上下，不過，餐廳裏沒有找到老媽或者阿昌等家裏人的身影，看來傅盈是一個人來的。

「我又不認識你，我怎麼知道你媽在哪裡？」傅盈悻悻地說著，一邊又將手一甩，不過周宣握著的手很緊，這一甩還是沒能將他的手甩脫，沒甩脫也就只好任由他握著，不過一雙俏眼倒是與張蕾對峙著。

從這一點來看，張蕾便知道這個比自己更漂亮的女孩子是周宣認識的人，雖然不知道是

不是他所說的老婆什麼的，但肯定不會是如這女孩子自己說的「不認識他」的話那般。

要是不認識，一個漂漂亮亮的女孩子會任由一個陌生男子握著她的手而不生氣？並且還不再反抗不再激動？

周宣見傅盈還在生氣著，想了想，便知道肯定是自己上班時，她在後面跟蹤過來，因爲自己是乘計程車上班，地點是市公安局，很明顯，所以隔得遠也能輕鬆跟蹤到。自己本來就沒有注意，即使要注意，傅盈也可以在兩百米以外的距離跟著，那樣自己就探測不到了。

周宣又瞧著傅盈穿了一身餐廳服務員制服的樣子，嬌俏可愛，忍不住在她臉蛋上擰了一下，笑罵道：「盈盈，膽子挺大，跟蹤起老公來了！」

傅盈哼了哼，沉默著沒說話。

周宣衝著門外叫了聲：「服務員，進來一下。」

門開了，一個女服務生趕緊進來，發現周宣逮著傅盈的樣子，趕緊求饒道：「先生，對不起對不起，她是新來的，不太懂規矩，有什麼事我來辦吧，請您放過她吧。」

這個女服務員還以爲傅盈是惹到了周宣什麼，所以才給他這樣抓住，剛剛她在外面，因爲周宣和張蕾是在雅間包廂中，服務員是專門服務的，而不像在大廳中那樣，很雜亂，任何客人都可以叫在大廳中服務的服務生。

所以傅盈跟到這裏後，馬上便悄悄跟這幾個女服務員商量了一下，塞給她們一千塊錢，說只要她們給她一套服務員的服裝，讓她扮一會兒服務生就行了，等這房間的客人吃完飯就好。

幾個女服務員一商量，當即便答應了，三個人，一個人可以分三百多塊錢，可以頂她們四五天的薪水，又只有這麼一會兒時間，也不用她們多做什麼，只是借一套服裝給傅盈，這樣的事，到哪裡去找？

所以三個人一商量，當即拿了一套制服給傅盈，讓她在另一個沒有客人的空房間中穿上了，然後到周宣的房間裏，三個人在房間外守著，以防意外。餐廳這麼大，只要傅盈不出去到處亂跑，是不會被發現的。

不過要跑到大廳裏的話，就肯定會被發現了。因爲傅盈太漂亮了，走到哪裡都是焦點，不像普通平凡的女孩子，到人多的地方，看她們的眼光也都是一掃而過，不會注意。

她們三個人還以爲傅盈是來練習的，根本就沒往她是周宣熟人的份上想，要是熟人的話，傅盈又沒化妝戴面具，這樣明顯的進去，又怎麼瞞得過周宣和張蕾兩個人？

周宣哼了哼，對那女服務生說道：「不知道你們是在幹什麼，竟讓我老婆來做服務生……」本來想發一下火，但瞧著那女服務生驚怕的樣子，嘆了一聲，要是自己發怒一吵，讓店裏的經理或老闆知道了，那她的工作只怕也就完蛋了。

於是對傅盈說道：「盈盈，你玩就玩吧，可別把人家的工作弄丟了，她們掙的可都是一

點辛苦錢。」

傅盈哼了哼，低聲道：「我又沒鬧她們，就算工作丟了，我也會賠償的，誰叫你……誰叫你……」說了兩聲，卻是又說不出來。

周宣光明正大的跟個女同事出來吃頓飯，其實是很正常的，關鍵是，就算是正常的，傅盈心裏也是酸酸的，看著自己的丈夫跟別的漂亮女孩子在一起高高興興地吃飯，而且還有可能每天都是這樣，心裏哪裡能高興？所以傅盈忍不住進來扮成了女服務生，明知周宣一看到她就會認出來，還是忍不住假扮起來。

張蕾看著一大桌子的精美菜肴，傅盈又像鬥雞似地盯著自己，不禁苦笑道：「姐姐，你是周宣的……」

頭先才說不認識周宣的，此時，傅盈卻是冷冷地說道：「我叫傅盈，我是周宣的妻子。」

「哦……」張蕾長長哦了一聲，然後苦笑道：「傅小姐，我跟周宣是同事，是分到同一個組的搭檔，在一起吃個飯是很正常的事，如果你是爲這個事生氣的話，我覺得沒必要……再說……」

她指著滿桌子的菜，又說道：「你看，菜都上了一桌子，如果不吃就太浪費了，跟什麼生氣也不要跟自己的肚子生氣，咱們還是先吃了再說吧！」

「吃就吃！」

傅盈說著也坐下來，這一下，倒是用力把周宣的手甩掉了，然後拿了筷子就吃起來，自家的錢買的菜，何必把好處都讓給了外人？周宣嘆了一下，也拿起筷子吃了起來，看樣子想要在這裏把事情說清楚，是絕無可能的，索性不管了，先吃飽肚子再說。

張蕾搖搖頭，拿了筷子也自個吃起來，三個人的表情都很古怪。其實周宣和張蕾確實沒有半分私情，就是曖昧都沒有一絲半分，但這種事卻很難在傅盈面前說清楚，這種事情，只會越描越黑。

三個人悶悶地吃了一陣，菜確實不錯，不過沒什麼胃口，一大桌子菜吃了還不到五分之一。周宣叫買單後，服務員把帳單拿過來，這一次比起昨天吃的天價套餐要好得多了，一共才兩千一。

買單後，張蕾瞧著這一大桌子菜，還有很多都是動都沒動過的，當即叫服務員打包，等到服務員打好包後，飯盒子都裝了六七個。

張蕾淡淡道：「反正都沒吃，就這樣扔掉太浪費了，不如拿回去給辦公室的同事們吃吧。」

周宣點點頭道：「這樣也好，扔了確實浪費了。」想想以前的自己，一餐飯吃幾千塊，

那可是想都不敢想的事。在沖口，他一個月也只有一兩次去館子，吃的也是幾十塊錢的東西，哪裡想到一年以後，自己就成了這個樣子？

在餐廳門外攔車的時候，周宣問傅盈：「盈盈，我攔輛車你回家吧！」

「我不回去！」傅盈一口回絕，連想都沒想一下，「我去你上班的地方瞧瞧。」

周宣一怔，傅盈怎麼會想到要到那裏去了？

張蕾倒是想趁這個機會說一下，市局的辦公單位，哪裡容閒人進去？但又一想到，這個傅盈怕也不是簡單的人，周宣好像又很護著她的樣子，規矩對於一般人來說有用，但對周宣或者傅盈這種人來講，只怕不大管用，要是她來頭大，背景深，進市局大樓裏參觀，那也不是難事。

周宣攔了輛車，拉開車門後，傅盈率先上了車，然後盯著周宣看。周宣苦笑著也跟了上去，而張蕾只得坐到了前邊，因爲她跟周宣兩個人都是身穿警服，所以司機很是放心，員警坐他的車，一不用擔心給交警攔，二不用擔心給搶了綁了，問好是去市公安局後，司機當即應聲開車。

在市局門外，司機停好車後，計價表上是九塊，張蕾給了十塊錢，然後下車到後車箱中提了打包回來的袋子。

三個人走到門口，保安認得張蕾和周宣，但不認識傅盈，不過傅盈那絕美的容貌已經讓他有些發怔。當即偏頭盯著傅盈說道：「身分證，工作證，電話號碼，來，登記一下。」

周宣隨即把傅盈拉到自己身邊，說道：「她是我老婆，來我上班的地方參觀一下，用不著登記了。」

這傢伙一臉色相，周宣不用想就知道他心裏想什麼，要傅盈拿那麼多證給他登記了，那以後還不容易之極就找到傅盈了？這種念頭他也想得出來。

那保安臉一沉，說道：「這可是我的職責，按規章辦事，市局這麼重要的機關單位，要是混進去什麼歹徒壞人，出了事誰負責？就是你說你要負責，你負得起嗎？」

周宣有些惱怒，正想給那保安一點教訓，卻聽見旁邊車喇叭響了一下，那保安一看，趕緊笑容滿面地按了開門的開關，大門向一邊緩緩滑過去，又飛快地跑出來，一邊行禮一邊說道：

「局長，您回來了？」

# 第一〇九章

# 女人心海底針

周宣苦笑起來，直是搖頭，心道：

這女人心，還真是海底針，捉摸不透。

才一會兒，生氣之極的傅盈這就陰轉晴了，還倒幫張蕾說起話來，

不知道這一陣子在下面辦公室中，張蕾對她說了些什麼。

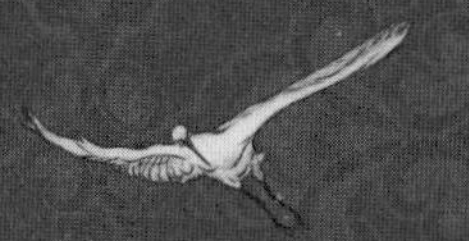

周宣回過頭一看，開來的是一輛奧迪，後車窗降下了一半，傅遠山的臉正朝著外邊，原來是傅遠山去市委開會回來了，一看到車外邊的人是傅盈和周宣，傅遠山馬上吩咐司機停車，然後下了車，笑呵呵地問道：「妹子，你怎麼來這裏了？有什麼事嗎？」

傅盈咬了咬唇，淡淡道：「大哥，周宣在這裏上班，我說什麼也要到他上班的地方參觀一下嘛，你說，你這地方我不能來？」

「能來能來，誰說不能來了？」傅遠山手一擺，笑呵呵地道：「別的地方不敢說，大哥這兒就跟你家一樣，想怎麼參觀就怎麼參觀！你就是要包了大哥我的辦公室，大哥也沒意見！」

聽到傅遠山這麼說，傅盈終於開顏笑了起來，說道：「你的辦公室我哪敢占，我占了您破不了案，那責任還不都推到我頭上了？這種傻事我可不幹！」

傅盈說著，又故意問那個傻呆著的保安：「要登記嗎？要什麼證件？剛才我沒聽清楚，麻煩你再說一次。」

那保安驚得呆了，好一會兒才反應過來，趕緊又搖頭又搖手道：「不用不用，什麼證件都不用。」

聽到傅遠山親熱地叫傅盈「妹子」，傅盈又老大不客氣地叫他「大哥」，這可把那保安嚇到不行，連連直擺手。

傅遠山哪裡知道這保安幹的勾當？跟傅盈說了幾下，然後笑容滿面地把手搭在周宣的肩膀上，把聲音放得極低，悄悄說道：「兄弟，你大哥我這局長算是坐穩了，走，到我辦公室再說！」

別看周宣級別極低，但傅遠山這個最高級別的一局之長，對周宣竟然是這樣的動作和表情，把個保安更是嚇得魂飛魄散，那保安趕緊站得老直，敬了一個禮，等他們幾個人進去。

在電梯門口，此時正是休息後要上班的時間，進來乘電梯的市局職員也很多，但看到傅遠山，卻都退了開去，或者到另一邊等候。大樓中是有兩部電梯的。

進來的人多，但在這部電梯前等的人就只有周宣、傅遠山、傅盈和張蕾等四個人。

電梯一到，門一打開，傅遠山便說道：「妹子，進去。」

傅盈先走了進去，然後是傅遠山和周宣，最後才是張蕾。張蕾進去後，雙手都提著袋子，不方便，周宣趕緊按了一下十一和二十六兩個樓層。

沒有別的人，所以電梯上升速度很快。到了十一樓，「叮」的一聲，電梯停了，門一開，張蕾便提著袋子出去。

沒想到，傅盈也跟著出去，周宣趕緊問道：「盈盈，你不是要到傅局長辦公室參觀的嗎？一起上去吧？」

傅盈淡淡道：「我先參觀一下你上班的地方，跟你的同事聊聊天，然後上來，沒問題

吧？」

傅遠山大手一揮，笑道：「去吧去吧，妹子，這整棟樓你儘管參觀，參觀完了就上來，大哥的辦公室就在頂層，上來就知道了！」

傅盈點點頭，然後揮揮手道：「大哥，一會兒見。」

等電梯關上再上升後，傅遠山才嘿嘿笑道：「兄弟，我妹子是不是吃醋了？」

周宣尷尬一笑，攤攤手道：「大哥，我可是清白的。」

「我知道，你知道，我妹子也知道。」傅遠山笑呵呵地道，「沒事，我妹子就是一個大咧咧的人，對你她還是信任的，只是這女人啦，天生就有妒忌心，看到自己的丈夫時時刻刻都跟漂亮的女同事在一起，自然會吃醋。沒事！」

到了頂層後，直接進入的就是辦公大廳，數十個男女職員一見到傅遠山，趕緊躬身問候。

「局長好……」「局長好……」問候聲此起彼伏。

其實傅遠山此時還只是代局長，並不是真正的局長。但昨天一役，讓傅遠山的名聲在城裏公安內部系統中名聲大震，別說上層是什麼意思，就是最下層的職員們都知道，傅遠山威名赫赫，是城裏甚至是全國最厲害的員警，什麼案子到他手中，都能迎刃而解，畢竟，他破掉的七件大案，實在是影響太大了。

傅遠山拉著周宣，笑容滿面的往自己的辦公室裏進去，對眾人恭敬地問候只是略微點點頭，在眾人面前也並不掩飾他對周宣的不尋常來。

直到進入辦公室後，傅遠山先在門口對外面的下屬說了一聲：「在我沒通知前，什麼人都不見。」

傅遠山說完，把門「啪」一聲緊緊關上，然後把周宣拉到沙發上坐下來，笑呵呵地說道：「兄弟，這回你可真把老哥我送上這市公安局局長的寶座上了。」

瞧著傅遠山笑容滿面的樣子，周宣也很開心，比自己當了局長還開心，因為此時他已經把傅遠山當成了自己的親大哥一般。以前，他還有些功利思想在內，主要是為了保障自己家人的安全，但人都是感情動物，時間久了，他們之間就由朋友和相互利用的關係，進而到了現在真如兄弟一般的感情。看到傅遠山功成名就，真的很開心的樣子，周宣心裏也很舒服。

這時，門上響起了敲門聲，傅遠山面色一沉，喝道：「進來。」

門一開，門縫邊露出了在外廳辦公室的一個女職員笑吟吟的臉，傅遠山卻是不給面子，喝道：「我不是說了，我沒通知前，任何人都不見嗎?你聽不明白還是怎麼回事？」

那女職員臉色頓時一下子紅得發紫，尷尬已極。

周宣看到她手裏面拿了兩瓶可樂，便知道是怎麼回事了，趕緊說道：「傅局長，你看

你，火氣這麼大，這位小姐是送可樂給我們喝的吧？正好我口渴得很，呵呵，可以給我一罐麼？」

那女職員趕緊點著頭說道：「是是是，正是給你們拿來的，我看天氣太熱，剛好有冰的飲料，所以我就拿過來了。」

周宣站起身，到門口接了一罐，打開喝了一口，冰得剛剛好。這一大口可樂喝到喉嚨裏，實在是舒服得很，忍不住讚了一聲：「傅局長，來一罐，實在是太舒服了，有這樣關心你的下屬，是福氣啊。」

周宣這麼一打和，傅遠山當即臉上就露出了笑容，伸手也接了一罐，說道：「小吳，誤會了，呵呵，不怪我吧？」

女職員怔了怔，對傅遠山的歉意很是意外，根本就沒想到，嚴厲到這個樣子的局長竟然會這麼和氣地跟她說話，而且轉變得這麼快，讓她一時不能適應，但怔了一下後，隨即醒悟，趕緊直是搖手道：「不不不……沒……沒關係……沒關係……」

傅遠山又笑呵呵地擺手道：「沒事沒事，是我態度不好，這個脾氣是要改進，兄弟……這個……」

那小吳又驚又喜，傅遠山難得把語氣放得這麼緩和，小吳趕緊點著頭退出房間，出門後又輕輕地把門拉上。

周宣又喝了一口可樂，冰涼的感覺讓全身的毛孔都舒展了開來，笑了笑說道：「大哥，以前你肯定是太板著臉做人了，以後還得把臉放緩和些，什麼叫親民和親和力啊，下屬喜歡你這個主管，那就叫你有親和力。」

傅遠山笑呵呵地道：「兄弟，不跟你說這個了，昨天我在市委開會，魏書記可是當著市裡幾位重量級的長官直接提了這件事，七宗案子的影響實在太大，把這些長官一個個都震到沒有意見提出來。」

傅遠山一邊說，一邊笑容可掬地伸手指在茶几上輕輕敲動。魏海河在會議上提出來的方案，其他常委幾乎都沒有話說，因爲自己的這七宗案子破案的成績之巨，可以說無人能比，即使他們想反對，可拿事說事，他們準備推出來的人選，就算說什麼能力強，處事果斷有力度，但無論怎麼說，也無法與傅遠山相比。

在這次的事件中，他們的人選，只要能在短時間裏破到一宗這樣的案子，那也算是天大的升職表現了，但像這樣的案子，卻又不是說想破就能破的，有時候也許還能碰巧破到一件，但七宗大要案同時破掉，那絕不可能說是碰巧，或者運氣好就能解釋的。

唯一能說得過去的就是，傅遠山有著比他們更強的頭腦分析能力，在公安局長的位置上，當然是這種能力強的人更合適。

再說，這件事之前，魏海河同幾個常委早已把話說到了前頭，有能力的上，沒能力的就

不用說了，就是他自己推薦的傅遠山，代任局長期間，如果執政處事能力不強，沒有成績，他也絕不護短，就只差沒有簽字保證了。

不過以魏海河及那些常委的身分，自然是一言九鼎，說過的話絕不會反悔，而傅遠山也太令他們驚訝了，上任僅僅一天就破了七宗大案，這說明了什麼？

魏海河再次提前召開了一次會議，雖然不是常委會，但到會的卻都是市裡的常委們，多了一個就是傅遠山本人。

按照之前的協議，魏海河直接把傅遠山的事情提了出來，首先給予了傅遠山工作成績的肯定，然後又把無所作爲的市局分局長狠狠在會上批評了一頓，會議上並沒有多說其他什麼，但魏海河此舉，無疑是向常委們宣戰出手了。

在會後，魏海河又私底下對傅遠山囑咐道：

「老傅，此時你就不用擔心別人會說什麼了。昨天你的表現已經把他們都給震翻了，就算有人到我面前再說事，我也會以拿出成績來證明，這就不會再有人跟你爭這個位置了，你就安心地在局裏幹吧。乘勝追擊，再多破幾宗案子出來。不過，就算再沒存積的案子可破，那也沒關係，你的位置是鐵定坐穩了。我馬上就召開常委會，讓組織部推薦你，這次的阻力肯定是沒有了。」

魏海河所說的阻力，自然是明面上的，不過就算還有暗面的阻力，此時也應該少了，因爲沒有哪一個領導能找出比傅遠山更能幹的，能在一天之內把那麼多大要案破掉。

只是，不能當場任命傅遠山爲市局局長。因爲市局局長這個位置是市委以下，各個單位中最重要的一個職位，非同小可。市委常委會上通過提名之後，還要組織部上報給中組部，由中組部派人來考核，確定之後才會正式下達人事令。比如財政、稅務、教育部等等，這些單位的職務任命，市委就可以直接任命，而不需要由中組部考核。

傅遠山也明白，雖然還要通過中組部的考核，但他的這個職位如果沒有特殊的情況發生，基本上也就是確定了。

周宣看著傅遠山沉吟的表情，臉上卻是喜色，看來還是在想魏海河那邊的事吧。人逢喜事精神爽，現在正是他高興的時候，也就沒有打擾他。

傅遠山想了一會兒往事，抬起頭來，見周宣怡然自得地喝著可樂，看著窗外的景色，不禁笑了笑，說道：「看我，一想事就走神了。老弟，你說說，今天有什麼打算？」

周宣苦笑道：「大哥，我看你還是找個理由，給我另換一個搭檔吧，這個張蕾，我對她是沒有意見的，但現在給盈盈知道了，今天跟蹤我到了餐廳裏，還假扮成服務員，這一鬧，只怕是有口都說不清了。」

傅遠山哈哈一笑，說道：「我可聽說了，這個張蕾是市裡張副廳長的女兒，在市局也是首屈一指的大美女，想跟她搭檔的多了去，別人想都還想不到呢，你倒好，還要把這種好事

給推掉。」

看到周宣苦笑著的表情，傅遠山忍不住笑道：

「放心吧，我妹子是什麼人，我還不知道嗎？盈盈個性爽直單純，她也絕對相信你的定力和爲人，更相信你對她的感情。就憑這個張蕾，只怕還誘惑不到你吧，嘿嘿，就是魏書記家的那兩個侄女兒，講地位，講身分，講相貌，那可都要比張蕾勝過不止一籌吧，你又何曾……」

周宣更是苦笑不已，不說還好，一說到盈盈，又想到她此刻正跟張蕾到十一樓的辦公室裏去了，還不知道她們之間會發生什麼不愉快的事來呢。

周宣想了想，然後說道：「大哥，盈盈的事就別說了，等會兒把她送回去後，我想再挑選一些案子出來，再到證物科把證物驗證一下，看看能不能再找些線索出來。現在這幾天，我看不如趁機多破幾宗案子，讓有心扯你後腿的人把嘴都給閉上。」

傅遠山點點頭，其實魏海河也是這個意思，現在這幾天，正好借著周宣的能力將自己的位置更加鞏固起來。

周宣有這種想法就更好，想了想便說道：「那這樣也好，盈盈那邊等會兒我來說，如果盈盈真不放心，我就把你調開吧，你想到哪兒就到哪兒吧。」

兩人正說著時，門上又響起了兩下敲門聲，傅遠山偏了偏頭，壓低了聲音說道：「請進。」這一下，他以為又是那個小吳有什麼事了。

不過門一推開，進來的卻是傅盈，笑臉盈盈，傅遠山一怔道：「盈盈，什麼事這麼高興？」

說實話，傅遠山心裏有些詫異，剛剛盈盈要跟著張蕾過去辦公室，定然是想給張蕾警示一下，雖然她相信周宣是絕對不會背叛她的，但心裏總是有個疙瘩，如果是那樣的話，那她這會兒上來，表情應該不會這麼開心高興吧？

傅盈笑吟吟的，沒有直接回答傅遠山的話，而是四下裏打量了一下這間辦公室，然後讚道：「大哥，你這間辦公室好氣派。」

傅遠山笑笑道：「辦公室還不就一間辦公的地方嘛，要那麼豪華氣派幹什麼？要說能辦點什麼事，這辦公室還遠不如鄉下一間茅房來得實在，離民越近，越能為老百姓辦點實事。」

說到這裏，又笑著嘲道：「盈盈，要說氣派，有幾個能氣派得過你們傅氏的機構總部？」

傅盈笑嘻嘻地說道：「大哥，那我就送你一棟豪華的辦公大樓，行不？」

「還是算了吧。」傅遠山苦笑道，「你要送我一棟大樓，只怕我這局長位置還沒坐踏實就又被送下來了。」

傅盈格格嬌笑，瞧了瞧兩人的可樂，奇道：「大哥，你們這兒還興招待這個？」

傅遠山趕緊扯開了之前的話題，說道：「不是興招待這個，是辦公室的職員拿來的，你要嗎？我叫她再拿一罐過來？天熱，喝點飲料挺好的。」

傅盈點點頭，隨意地道：「好啊，是很熱，到你們辦公室來雖然不熱了，不過口還是渴。」

傅遠山當即到門口讓辦公大廳裏的小吳再送一罐可樂過來，小吳二話不說，趕緊從冰櫃裏拿了一罐可樂送過來。

傅遠山接過來遞給傅盈，傅盈喝了一小口，讚道：「嗯，好冰涼的感覺，謝謝。」

小吳趕緊回答道：「不用謝不用謝，應該的！局長，那我出去做事了，有事叫我就行。」

這一下小吳倒是機靈得很，把可樂一送進來，便馬上就出去了，不打擾傅遠山他們談話。

到底是天氣熱，雖然空調開著，但房間裏的溫度還是略顯悶熱，而這一陣子，周宣和傅遠山的可樂也不涼了，可樂還剩一半的量，不冰的可樂喝起來，感覺就差太多了，口感並不好。

傅遠山喝了一小口，皺了皺眉，準備拿去冰一下再喝，周宣也有這個心思，但一想到要冰凍時，不禁想起了自己的冰氣異能，「嘿嘿嘿」笑了一下，心想，何必捨近求遠呢，用異能，一秒鐘就搞定了。

周宣笑了笑，說道：「大哥，等一下。」說完把手放在可樂罐上，用冰氣異能凍了一下，這個當然不能凍到極致，溫度控制在零度左右，可樂不會結冰，但溫度又夠勁。

一秒鐘的時間，周宣縮回了手，然後對傅遠山說道：「現在再喝喝看。」

傅遠山怔了怔，周宣有些奇特的能力不假，他也知道，但好像都是對破案預測那一類有關，這可樂與他的能力有什麼關係？

怔了怔後，傅遠山當即拿起可樂，只是手一拿起來就感覺到不同了，剛剛那可樂罐子已經溫熱了，沒有絲毫冰涼的感覺，但現在拿起來，手上接觸到的地方一片冰涼，極是舒爽。

傅遠山奇怪，難道周宣就這麼一接觸，就像冰櫃一樣把可樂給冰凍了不成？愣歸愣，還是把可樂罐口對準了嘴巴，傾斜著喝了一口，這口可樂一含到口中，冰涼舒爽的感覺比開始小吳拿進來的時候還要強烈。

傅遠山當即明白，周宣肯定有能將物體溫度降下來的能力，這倒是奇了，這個有點像那些武俠小說，比如金庸的「笑傲江湖」中那個黑白子，運起內功就能把水啊酒啊什麼的都凍到冰一般的程度，不過這到底是小說，是虛構的，與現實畢竟相差太遠。

傅遠山又瞧了瞧傅盈，傅盈一點兒驚訝的表情都沒有。傅遠山當即知道，傅盈是清楚周

宣的能力的，所以她並不感覺到奇怪，笑了笑，又問道：

「老弟，你給大哥的新奇感覺，真是層出不窮啊，永遠看不到個底，呵呵，既然能冰凍，那可不可以把凍水變成滾水呢？」

「嘿嘿，小事一樁！」周宣隨意回答了一聲，然後又對傅盈說道：「盈盈，現在大哥在這兒，我就直說了，讓大哥重新給我安排一個全是老頭的小組，好不好？」

傅盈臉色一沉，哼了哼道：「好好的，換什麼組？張蕾哪點對不起你啊？她這叫好女不跟男鬥，讓著你呢！」

傅盈這一句話，頓時讓周宣和傅遠山都目瞪口呆。兩人心中都以為傅盈肯定說的是反話，尤其是周宣。傅盈一開始生氣的時候，周宣感覺到誤會並不輕，起碼得好好哄一下，但現在說的話，確實讓他有點不知所措了，她到底是什麼意思？

傅盈又悻悻地道：「人家一個女孩子，想好好工作，可你們這些大男人，就是瞧不起我們女人，這才剛做到了一丁點成績，你們就馬上把她甩開，有你們這樣做事的嗎？這樣多打擊人啊！」

周宣和傅遠山盯著傅盈，好半天才皺眉苦笑起來，周宣直是搖頭，心道，這女人心，還真是海底針，捉摸不透。

這才多一會兒，生氣之極的傅盈這就陰轉晴了，還倒幫張蕾說起話來，不知道這一陣子在下面辦公室中，張蕾對她說了些什麼。

其實張蕾並沒有對傅盈說什麼，只是對傅盈很熱情，辦公室的其他女職員見到傅盈這麼漂亮的一個女子，更是好奇，又聽到張蕾介紹說傅盈是周宣的妻子，所有人都熱情起來。

當周宣辦公室的那些同事見到傅盈，又聽說她是周宣的妻子後，就覺得這一切都很合理。像傅盈這麼漂亮的女孩子，要嫁人，那絕對是要嫁身分家庭都超然出眾，非富則貴的那種人，現在的女孩子，漂亮就是最大的資本，那些嫁入豪門中的女孩子，又有哪個不是相貌驚人的美麗呢？

而這個傅盈，簡直已經不能用漂亮來形容了，這讓那些市局的職員們無不就此認爲，像傅盈這麼美麗的女孩子，普通人根本就不可能入得了她的眼，周宣的身分就更一步確定了。

張蕾很會做人，把食物拿出來請同事們吃的同時，又說是傅盈請的客，辦公室的女人們頓時七嘴八舌就跟傅盈話起家常來。

尤其是對張蕾。跟張蕾相處了一陣，從她的行動說話來看，也跟她一樣，是個大大咧咧的直率女孩子，並不是那種表面對你好，背後給你一刀的那種人，再者，她還是相信周宣，要說會背叛她，那早就輪到魏家姐妹了，又哪裡會輪得到這個才剛認識的張蕾？

周宣笑笑點頭，然後又問道：「那你的意思是要我別換組了？」

傅盈「嗯」了一聲，然後說道：「她們也很辛苦，周宣，不如你就在那個組，幫她們也

分一些績效，多賺點獎金吧。」

周宣訕訕笑了笑，傅盈竟然是爲了這個原因，隨即對傅遠山說道：「大哥，那好，我就在那個組吧，我現在送盈盈回去，然後回來挑幾件案子再分析分析。」

傅盈擺擺手道：「不用了，我自己回去，順便給媽買些禮物回去。你有事就忙，今天的事是我不對，下次不會了。」

傅遠山和周宣兩人相視而笑，傅盈就是這個直性子，對就是對，錯就是錯，一點兒也不掩飾。

傅盈輕輕一笑，旋即做了個拜拜的手勢，然後出門而去。

周宣攤攤手苦笑道：「大哥，你回家後，嫂子怎麼樣？」

傅遠山得意地笑道：「這點，老弟你可要跟大哥學學，你大哥我回家後，手一伸，衣服脫掉，腳一伸，鞋子脫掉，然後熱水毛巾準備好，那可是衣來伸手飯來張口，從不跟我提什麼條件的。」

周宣嘿嘿一笑，不再跟傅遠山說這個話題。傅盈雖然有時候撒撒嬌，但總體上來說，是完全對得起他的，停了停後，站起身來對傅遠山說道：

「大哥，我回辦公室去了，把張蕾叫上，還是去挑幾件案子分析一下，看看從物證處能不能再找些破綻線索出來。有些日子久了的物證，是很難找到線索的，加上物證在取回來之際，又經過了無數警方人員的手，時間又過得太久，這些物證基本上我是已經找不出線索來了，最好是剛發生的案子，最有把握了。」

傅遠山沉吟了一下，問道：「這個我不擔心，以後凡有新的大案要案，我會安排第一手線索讓你過去，現在的老案子，你檢查一下，能破多少算多少，現在已經沒有壓力了，不用那麼著急了。」

「那我走了。」周宣說了一聲，跟傅遠山告辭出了他的辦公室。

在十一樓的四處辦公室中，張蕾跟幾個女同事聊得起勁，這時候沒有人說三道四了，因爲傅盈已經讓她們拋棄了成見。

周宣一回來，幾個女孩子便熱情地問候著，將私藏的咖啡也拿出來泡了給他，又替他打開電腦。

周宣擺擺手道：「謝謝，不用開了，我跟張蕾去查資料，上班嘛，偷玩大半天，還是得做點小事，面子上也才過得去。」

辦公室的女職員也都嘿嘿笑起來，說實話，她們有哪一天不是在混日子呢？

張蕾一聽說周宣又要去查資料，便趕緊站起身，把辦公桌上的東西清理了一下，然後說道：「嗯，好了，我們走吧。」

這時候兩人一起走，那些女同事就再也沒有閒話了。要說好色，周宣的老婆比張蕾更加漂亮，嬌妻如此，應該不會做出離譜的事吧？再說了，人家就算有事，又關她們什麼事？

在資料室，如同前一次一樣，周宣和張蕾各自一台電腦查詢著，不過這一次，張蕾倒是偷偷暗中注意著周宣，周宣一邊翻看積攢的舊案子，一邊又用筆把案子的摘要記下來。

周宣這次挑的是第二批的案子，不是說重要性，而是時間上的分類，第一次挑的那些案子，全是時間隔得最近的，大概都在一兩個月以內，而現在的案子，大概是三到六個月的，這樣的案子累積的比較多，不過周宣也只挑了些有現場證物留下來的，沒有證物的先剔除掉，然後就是按照重要性分類，越是重要的越優先。

因爲這一次並不像前一次那般著急，前一次的基礎已經打下了，現在只是加強鞏固，所以心情並不著急，挑起來也就輕鬆多了，破不破得了已無所謂。這樣挑出來的案子，竟然多達三十多件，筆記本上記了幾十頁，一個案子就幾乎記下了一兩頁。

張蕾幾乎沒看案子，開始還只是偷偷注意周宣，最後乾脆直接盯著他，直到周宣把筆放下後，伸了一個懶腰，這才移開了眼睛。

周宣伸了個懶腰後，再看了看電腦上的時間，說道：「時間過得真快，張蕾，走吧，我們現在到物證科，提取這些物證再看看，看完就下班走人。」

張蕾自然不會反對，本來以周宣的想法是，他用異能來探測那些物證，速度應該很快，在一兩個小時中探測完，當然可以早點下班了，又不用像其他人那般，一定得等到下班時間到了才可以走。

不過到了物證科以後，周宣一邊探測物證上的影像，一邊用筆記下來，探測有的就記，沒有的馬上放開，換另一件，但他沒想到的是，探測物證用異能是很快速的，但要用筆把探測到的影像完全仔細的記下來，卻又是另一回事了。

他本來就不擅長做這類事，這跟寫作文一樣，他的文字功底本來就不好，還要把探測到的影像用文字寫出來，有些明明探測到了，但要用文字寫出來，就不是那麼回事了。

張蕾看周宣寫得抓耳撓腮的樣子，有心幫他的忙，但周宣卻偏又不問近在眼前的她，無論怎麼急，他都不問。

周宣是沒有辦法，他又怎麼能說他記的是這些東西呢？難道告訴她就憑這麼摸一下看一下，就知道案子的事？這事說出來，誰都不會信。

雖然之前的那些案子，周宣也這樣做過，但張蕾當時並沒有去看周宣寫的是什麼，而且她根本就沒有起過什麼懷疑的念頭，不過這次似乎略有不同，所以心裏有些懷疑。那些挑選出來的案子，正好都是後來傳遠山宣布抓捕行動的案子，這之間有什麼巧合嗎？

# 第一一〇章

# 超級大功

要是把近兩年不能破的案子歸攏來，簡直是一個天文數字，
往往落到後面的，就是上上下下都破不了的案子。
傅遠山一聽到周宣這麼說，當即明白，他這一把不只是賭贏了，
而且是幫魏海河立了一個超級大功。

張蕾湊近了些，周宣頓時發覺了，急忙地把筆記本一合，說道：「好了，咱們走吧，事情做完了，提前下班休息一下也是應該的。」

張蕾啐道：「還提前下班？你也不看看現在是什麼時候了，有你這麼提前下班的嗎？」

周宣一怔，這物證室是密封的，又沒有窗戶，他哪裡看得到是什麼天色、什麼時間了？怔了一下後，再看了看電腦上的時間，竟然是八點四十分了！

因爲在記案子，所以一下子過了五個小時。

周宣呆了呆，然後訕訕地笑道：「張蕾，真不好意思，你怎麼不提醒我一下？你也可以先走啊，根本不用等我的。」

張蕾哼了哼說道：「我們是一個小隊的搭檔吧，什麼叫搭檔？你明白嗎？」說到這裏，又不禁惱怒起來，哼道：「哼哼，搭檔之間，自然是不應該有什麼秘密了，當然，我說的是工作的秘密，你在搞些什麼鬼？難道就不應該跟我商量一下嗎？」

面對張蕾的不滿，周宣笑了笑，把筆記本合攏，然後把電腦關了，有些抱歉地說道：「張蕾，對不起，我看著看著就忘了時間，你也不提醒我，走吧。」

兩個人從證物處出來，在電梯口等電梯時，周宣想了想，又把手機拿出來給傅遠山打了個電話，問他在哪裡。傅遠山的回答卻讓周宣沒有想到，傅遠山也仍在辦公室中，沒有回去。

周宣訝道：「大……傅局長，怎麼這時候還沒有回去？」

「我在等你，你那邊有線索沒有？」傅遠山的語氣聽起來還是略顯期待，其實也想得到，因爲周宣在證物處，傅遠山特地通知了證物處的管理員加班，否則天都黑了，這裏哪會還有人？

有局長的囑咐，管理員自然不敢說什麼，老老實實的加班，由得周宣跟張蕾兩個人查詢。

傅遠山就焦急地在辦公室中等候，雖然現在他的位置是穩定了，但如果再接再勵，連續破更多的大案，那麼他傅遠山不僅局長的位置坐得更穩不說，在市局甚至整個城裏的警界中，都會樹立起不可動搖的威信。這有助於傅遠山以後的發展，讓別人明白，他靠的是實力，而不是運氣。

這個時候，整棟大樓差不多已經人去樓空了，大樓中黑漆漆一片，除了電梯口還有點燈光，因爲傅遠山還在樓上的辦公室中，樓下的保安特意把電梯的燈光開著的。

電梯很快就到了，周宣還是先詢問了一下張蕾：「張蕾，晚了，你還是先回去，我到傅局長那兒去一下。」

張蕾哼了哼道：「又想甩開我，你記住了，我們是搭檔！只要是工作上的事，就必須得在一起，私事我就不管，你現在又想拋開我獨自一個人行動麼？」

周宣苦笑道：「我不是那個意思，我只是跟傅局長一起回去，談一下私人的事，這個……」

「你唬誰啊！」張蕾絲毫不給面子，也不相信周宣的話，氣呼呼地走進電梯中，直接按了頂層的按鈕。

周宣只得跟著踏了進去，無可奈何地看著電梯往上升去。到了頂層後，在辦公大廳裏，還有兩名職員留守，其中一個就是小吳。

周宣朝小吳微笑示意了一下，小吳卻是趕緊站起身恭敬地道：「周……周……」叫的時候卻發現周宣根本沒有級別，嚴格地說起來，比她的級別還要低得多，所以不知道稱呼他什麼。

周宣看小吳差不多二十七八的樣子，比自己略大，當即說道：「吳姐，別那麼客氣，以後叫我小周就好了，隨便稱呼就是。」

小吳看到周宣和傅遠山關係非比尋常，所以對周宣不敢怠慢，而且周宣還幫了她一個大忙，讓傅遠山對她的態度好得多了，從這看來，傅遠山眼中的周宣，定然是個極爲重要的人物，不能以他的官職級別來論人。

聽到周宣的聲音，傅遠山已經迎了出來，笑呵呵地上前，把周宣拉著往辦公室裏去，一邊走一邊又回頭對小吳幾個人說道：「你們幾個再等一會兒，我們單獨談點事。」

傅遠山如此一說，本來跟著的張蕾也不好意思跟進去了。她在周宣面前可以任性一下，但在傅遠山面前，可還是不敢放肆。看著兩人的背影，只得在辦公室坐下來，跟小吳兩個職員有一搭沒一搭地閒扯。

張蕾有些好奇，不知道周宣跟傅遠山到底要談什麼事，不過即使她等下去，等會兒周宣跟傅局長出去吃喝玩樂，她也不好意思跟著去吧？男人們在外面花天酒地幹的那些事，她是聽得多了，想了想，還不如自己先回去。一開始周宣便對她說了那些話的，雖然不會明說要去哪裏幹什麼，但意思應該是那樣吧？

不過又想到了傅盈，今天才第一次見到周宣這個嬌美無雙的妻子，有這麼漂亮的老婆，哪個男人還有心思在外面拈花惹草的？不過也難說，男人就是那麼賤，都說家花不如野花香吧，這些事也說不定。

張蕾胡思亂想著，小吳雖然也在跟她聊著天，但腦子裏其實也是在想著周宣的神秘之處，所以三個人都不曾去觀察對方有什麼異常之處。

傅遠山把周宣拉到辦公室裏後，把門關得緊緊的，然後盯著周宣問道：「老弟，怎麼樣？有什麼線索沒有？」

周宣笑了笑，說道：「大哥，實在不知道怎麼說，我從第二批案件中挑了四十多件案子

出來，但沒想到的是，竟然發現了三十四宗案子的物證有線索，而這三十四宗案子的詳細經過我都記在了本子上，因爲這個，也忘了時間，搞到了現在。」

傅遠山一怔，隨即又大喜起來，一開始聽到周宣的說法，還以爲周宣是沒有探測出來什麼，而後周宣卻又給了他一個大大的驚喜，三十四宗，這是一個多麼驚人的數字啊！

要是把近兩年不能破的案子歸攏來，簡直是一個天文數字，但大的案子畢竟不破的還是要占少數，因爲大案要案影響太大，小案子投入的人力物力也少，影響力小，所以反而不一定能破得出來多少。但大案子不同，往往會有上級部門下嚴令破案，落到後面的，就是上上下下都破不了的案子。

傅遠山一聽到周宣這麼說，當即明白，他這一把不只是賭贏了，而且是幫魏海河立了一個超級大功。

魏家的勢力雖強，但傅遠山也能明白一些，目前魏海河在城裏的步子邁不開，日子並不好過，城裏不是其他小地方，是各方勢力的彙集之地，以他如此手段，後面還有老李和魏老爺子的暗中推手，都沒在城裏打開順暢的路子，直到這一次，魏海河把賭注都投在周宣身上後，局面才頓時大爲改觀。

傅遠山把周宣的筆記本打開，慢慢仔細地看起來。周宣的記錄跟上次一樣，很詳細，不僅是還原作案的現場情形，而且案犯的姓名住址，基本上都詳細地寫了出來，他只要跟前次一樣，組織起人手進行抓捕就行了。

看了六七宗案子記錄，傅遠山心情激動得不得了，他知道，這次的轟動絲毫不亞於前一次，而且還極有可能甚之。總有人會說他走狗屎運，但短短時間內，他們的驚訝還沒清醒，他的第二波轟擊卻又到來，這會讓那些說他走狗屎運的人都閉上嘴，把尾巴夾起來做人去。

傅遠山現在不能低調，不僅僅是不能低調，而且還要極高調地進行。他需要的就是嚴厲打擊他的對手們的氣焰，讓自己成爲他們頭上一座無法翻越的大山，成爲想超越他或者頂替他的一個噩夢。

周宣笑了笑，說道：「大哥，本子交給你了，明天再繼續進行破案行動吧，今天回去安慰安慰嫂子，帶孩子吃頓飯，慶祝一下大哥升職，以後可就是前途一片光明了。」

「不，老弟，我馬上召集人手開會，進行緊急會議，這個抓捕行動刻不容緩。」傅遠山當即回絕，並斬釘截鐵地說著。

周宣一怔，沒想到傅遠山會這麼著急就進行抓捕行動，這個時候，除了留守的一小部分刑警之外，辦公室的人和各處分隊的人手都已經回家了，要召集人手的話，得費不小的功夫。

周宣見到傅遠山果斷決絕的表情，知道他心意已定，也不去勸他，因爲從工作上來說，自己是遠不及他的，傅遠山是靠成績一步一步地走出來的，經驗豐富，個性堅韌，不是他能

想像的。

「大哥，你要在第一時間進行抓捕的話，也不是不可以，不過，我想……」周宣沉吟了一下，然後又說道：「不如你把所有的下屬都召集起來，這一次案子如此多，人手肯定是不少的，好在只需要進行抓捕，並且知根知底，可以省下許多人力，把市局的人手以及各大分局的人手全部調集起來，要做，這次就把場面和聲勢搞得大一些，讓城裏轟動！」

傅遠山一怔，隨即恍然大悟，周宣的這個提議，確實是一個好提議，周宣本子的記錄，可以保證此次抓捕行動絕對十分順利，既然能絕對保證任務的可能性，那又爲什麼不把場面轟轟烈烈大搞起來？

只要任務順利完成，那城裏上下，甚至是全國上下的公安系統，以及民眾，都會爲此次的大破案行動歡呼鼓舞，今天晚上一過，也許明天早上的電視以及各種新聞報紙上的頭條就是他了。

這樣的話，傅遠山的地位就能無比的穩固，魏海河的計畫就能展開來，至少他的對手們無一能做到他做的這種局面。

傅遠山一貫沉穩幹練，但只要與周宣在一起的時候，他就沉穩不下來，尤其是現在，因爲激動，一張臉都脹得發紫了。

傅遠山想了想，把桌子上的電話拿起來，在撥打電話號碼的時候，手都有些發抖了，撥了好幾次才撥對。

電話撥通後，傅遠山把話筒拿到耳邊，立即說道：

「魏書記，您在家還是……哦，在市委啊，我要跟您彙報一下，今天晚上，我準備調集全市所有的警力進行一次大抓捕行動！」

周宣聽傅遠山的聲音，便知道他是在給魏海河打電話彙報行動，當然，就算沒有按兗提，自己也能聽得到。接下來，傅遠山就對魏海河彙報了周宣剛剛給他的案子記錄。

魏海河當然也十分清楚周宣的能力，只是沒想到周宣做出的成績已經遠超出他的想像，第一次的七宗大案子就讓魏海河驚喜不已，現在聽到傅遠山說周宣交給他的本子上，又記錄了三十四件積存的大案時，不禁都呆住了，好半天才反應過來，遲疑了一下才說道：

「既然這樣，我讓市委的幾個領導都過來督戰，這麼有把握又轟動的事，我們得利用這個機會乘勝追擊！嘿嘿嘿，如果今晚的行動圓滿完成的話，明天……明天……明天就將是個值得紀念的大日子！」

魏海河最終沒把明天預測的結果說出來，但這樣說的話，意思其實也相當明瞭。明天，絕對是個轟動的日子，也許在數十年後回望今朝，明天這個日子就是他們一生中的分水嶺。

掛了電話後，傅遠山便急急開了辦公室的門，到辦公大廳裏對小吳說道：

「小吳，馬上以我的名義發出市局急召令，通知市局以及城裏各下屬分局單位，全部集

結，執行一次大抓捕行動。通知所有人於十五分鐘後待令，屆時市委魏書記以及市委其他領導會親臨督戰。」

小吳正在跟張蕾和另一個同事閒聊，傅遠山急急地出來，又急急吩咐，眾人已經是嚇了一跳，接著又聽到說市委書記等領導都來親自督戰，嚇得更是手都抖了起來，沒料到這麼一個平常的夜晚，會發生一件令她們都想不到的事情。

這種大行動，以前也不是沒有過，有市委領導監督督戰的情況也有，但市委書記親自來的情況，卻是一次都沒有過。想必今天要處理的，也是一件超級大案了。

連旁邊的張蕾和另一個女同事都不敢出聲，只是瞧著小吳撥打電話。

小吳幾乎就是在連連撥打電話，對幾個分局說了同樣的話傳達，然後才又通知市局的其他領導。

傅遠山在旁邊聽著，最後又加了一句：「十五分鐘內未到者，記大過並降級處理，不能到者，開除處理。」

傅遠山這一句說得有些殺氣騰騰的，小吳膽戰心驚地照述著，直到電話撥打完，傅遠山看了看手錶，說道：「現在是七點四十四分，七點五十九分未報到者，一律記下來等候處理。」

接下來，傅遠山低著頭在辦公室中邁步思索著，其他人都不敢出聲驚動他，時間也在一分一秒鐘度過。十五分鐘的時間其實是很短的，一晃眼便已過了十分鐘。

此時，小吳看到辦公廳的大窗外燈光亮了起來，當即跑到窗邊向下瞧去，只見辦公大樓下的廣場上，車如流水，燈光閃亮，無數的員警都急急地趕了過來。

若說在一天前，代局長傅遠山的命令，他們或許會陽奉陰違，但一天後，再沒有一個人敢有那種想法了，而且傳達下來的命令中，傅遠山也說清楚了，遲到的以降級和記過處罰，不來的以開除處理，這樣的話，就沒有一個人敢不當真了，跟傅遠山這個局長賭狠，顯然是行不通的。

員警們的行動速度要遠比其他機關人員的速度快得多，畢竟工作性質不同，尤其以刑警特警速度最快，十分鐘內趕到的就是他們。而辦公室的人員以及部分領導，來得稍遲一些。

主要是今天的時間已經入夜了，很大一部分人都在外面跟朋友吃飯玩樂什麼的，一接到通知，就當即從原地直接往市局而來。

在十四分鐘時，城裏各個分局都打電話過來，報告全部人員集結完成，等候行動命令。而市局的其他人員也都到齊了，雖然有些人衣冠不整，形象有些狼狽，但好歹還是在規定的時間內趕到了。

傅遠山又通知了，全部人員在廣場上等候，市局副局長、刑偵各大隊隊長、各處室處長、分局局長、副局長等等，全部到市局大會議室召開緊急會議。

傅遠山說完，想了想，又對張蕾說道：「張蕾，你跟周宣兩個人也到會議室開這次會議。」

張蕾怔了怔，她官職低微，周宣更是不入流的級別，剛剛又聽傅遠山吩咐了，來開會的全都是處級以上的官員，傅遠山把她跟周宣也叫進去，是什麼意思？

她不明白，也不需要明白，領導說了照做就是。

接下來陸續到場的人員，幾乎都是張蕾認識的，全都是市局和分局的幹部，市局的兩個副局長以及各大分局的正副局長都進入了會議室。

因為首席的位子還是空的，而眾人除了周宣知道內情外，其他人都不知道，大家你看我，我看你，儘是疑惑重重，不知道這次傅遠山如此的大動作是什麼原因。照理說，應該不是要對沒與他一起行動的幹部大開殺戒吧？

幾乎所有人都在焦躁與煩惱猜疑中等候著。大約又過了十分鐘，傅遠山陪同魏海河走進來。進來的人一共有八個人，還有四個市委的巨頭以及公安部和廳的領導：陳曉明市長，張懷玉副書記，政法委書記劉東青，組織部長張洪峰，劉傳奇副部長，陳輝廳長。

六個人再加上魏海河，這七個人一進場，頓時把嘰嘰咕咕各自小聲議論著的市局與分局的幹部們嚇得噤聲。

一開始聽到小吳打過去的召集命令，還說是市委魏書記要來監督的話，當然，這話的真實性是值得懷疑的，而他們猜測的最大可能性，不過就是傅遠山借著昨天破了七宗大案子的餘威來給他們一個下馬威而已，目的就是要看他們聽不聽從他這個代局長的指揮，服不服從他的領導，僅此而已。

但現在，這七個大人物的到來，頓時讓幾個副局長與分局局長都心驚膽顫的，搞不清到底是什麼事了。

按照這個場面，應該就不是傅遠山弄的什麼虛假消息了，他還沒有這樣的能力對市裡和公安部的領導們呼之即來喝之即去的。這些大人物的出現，只能說明兩點，一就是真的有大案子大動作，二就是出現特別的事，比如說提升市局局長這件事。不過提升局長的事，用不著把他們這些中下層幹部都叫來，而且還讓各大分局的幹警也都集合等候通知，像這樣的動作，那只能說是有大案子要行動了。

幾位領導一坐下，連茶水都沒有來得及安排，這時已經是晚上八點鐘過了。

市委的領導以及劉副部長、陳廳長，這幾個人，坐在會議室中的絕大多數中下層幹部並不認識，除了像魏海河這樣長期在電視臺的新聞中露面的，所以傅遠山首先在開會之前，便介紹了這幾個人的身分，會議室中的人才明白，這臺子上的幾個人來頭有多麼大。

傅遠山介紹完之後，然後請魏海河說話，一邊鼓掌一邊說道：「在今天的會議之前，我

們有請市委魏書記給我們講話，大家歡迎。」

例行的熱烈掌聲過後，魏海河才擺了擺手，說道：

「大家請安靜。我今天來，還有幾位市裡的領導以及劉副部長、陳廳長等，都是來給咱們城裏警務系統打氣加油的。對於市局在代局長傅遠山的領導下做出的巨大成績，表示祝賀以及鼓勵，希望你們能夠再接再厲。今天的會議，便是傅局長精心準備的又一次亮劍行動，我們警方將以重拳出擊。於此，我代表市委領導們來給你們現場加油鼓勁，希望你們能爲人民又立新功，謝謝，我的話說完了！」

魏海河如此一說，來的領導中，六個人有四個人臉色頗不正常，比較正常的就只有組織部張洪峰和劉傳奇副部長。這兩個人來之前是得到了魏海河的示意，因爲他們兩個都是魏老爺子圈子內的一系，而其他幾個人則是或明或暗跟魏海河較勁的對手，當然，市裡還有其他領導，不過因爲時間趕不上，能來的也就這幾個人了。

尤其是陳曉明陳市長，他與魏海河一個黨政，一個市政，有點水火不相容，但陳曉明根基較牢，在城裏時間也較長，執政能力又強，跟魏海河有點較勁，魏海河一時也沒辦法，目前除了組織部是他的人以外，其他部門幾乎都是他難以影響的人任職。

而這一次，城裏下屬部門中最重要的一個職位，公安局長的位置，各方面都是虎視眈眈，魏海河也是一心要拿下，老爺子在背後也推了一手，但城裏的形勢太複雜，巨頭紛爭，即使是老爺子也難以做到好處。

恰好市局局長調任，這個職位一空出來，老爺子知道這是一個機會，但要靠他的動作，以及魏海河自己的掌控，將這個局長的位置拿下來。事急之時，老爺子便想到了周宣以及傅遠山這個棋子，當即便給魏海河推薦了這個計畫。只要周宣出手相助，傅遠山即使資歷有些淺薄，但以大功勞大政績來彌補這個不足，那也不是不可以。

而之前，老爺子便知道，周宣雖然不在體制內任職，但魏家若真有什麼危難或者難關時，周宣的能力是一定能幫得上忙的。

這一次便是，即使老爺子不求他出手，周宣也會幫傅遠山的，這件事就水到渠成了。只是時間太緊，魏海河與市委其他領導提議傅遠山的事後，其他常委領導無不欣然應允。這自然不是好心好意了，而是明知這一步是死棋，是能把魏海河逼到絕境的事，那又何樂而不爲之呢。

魏海河雖然在城裏的基礎不強，但到底自身的能力以及魏家的圈子關係，要想輕易扳倒也不容易，如果要硬來的話，只會是兩敗俱傷，唯一的好辦法就是讓魏海河自己忍不住而出手。

在眾人看來，傅遠山的事，就是魏海河內心急躁的表現。看來，魏海河在市委書記的職位上應該是待不長久了。

而對於傅遠山的事，大家一致認爲是魏海河的一著敗棋，臭棋。雖然想不通他爲什麼要這麼著急自尋死路，但其他領導都不會放棄這個機會，各自爲政的巨頭們也難得統一了意見，在常委會上的提議中，全票通過了對傅遠山代任公安局長的任命。

而這個時間，有內幕消息傳來，據說中組部已經開始考查某一名幹部了，如果沒有意外，市局局長的位置將在一周後任命，所以說，除非是有超乎尋常的大事件發生，否則傅遠山這個代局長就是個短命鬼。

但一貫深沉和不好相與的魏海河，果然不是他們想像的那般簡單。傅遠山代任局長在第一天便做出了驚天動地的大事件來，在幾乎沒有人回應，形單勢孤的時候，竟然一舉破獲了七樁城裏公安系統積攢下來的大要案，而且每一件案子都經得起推敲復查。

傅遠山還出人意料的速戰速決，嫌犯在當天便審訊出了結果，如此能力，這在全國範圍內的公安系統中，都是絕無僅有的。

傅遠山在上報市委和公安部的時候，便將案子移交到檢察機關。今天一天都在關注這些案子的市委和公安部的上層領導們，在檢察機關審閱了這些案子的案卷，並再次審問了案犯，幾乎就能認定，這並不是傅遠山搞的冤假錯案，而是抓到了真正的凶犯，只是傅遠山如何能在這麼短的時間裏破掉這些案子的？

就是從那些案犯自身上也問不出個所以然來，領導們猜測的便是，冰凍三尺非一日之寒，魏海河與傅遠山這是給他們設下了陷阱，就等他們往裏鑽呢。這麼多大案要案一朝就破了，肯定是預謀很久，只怕很久之前傅遠山便已經暗中在調查這些案子了。要是早知道傅遠山在調查這些案子並有了很大進展的話，他們是絕不會同意提任傅遠山爲代局長的，現在，他們等於就是搬起石頭砸了自己的腳了。

從秘密消息中得知，公安部、組織部考查幹部的程序，基本上也停止了。不管他們考查的是多麼優秀的人才，要跟傅遠山的成績相比，那都是星星跟太陽的光輝相比了，這時還要再提人選的話，那只能是自取其辱了。

此時，魏海河大晚上召集各方前來，無論是哪一方都不敢對魏海河輕視了。不管是什麼事，魏海河是市委書記，有權召集他們來，你做事可以做不好，但絕不能公然抗命，魏海河在公職上畢竟代表的是黨委。

所以，常委們以及公安部公安廳的領導們，都是各懷心機地坐在位置上，不知道魏海河與傅遠山今天晚上將要上演哪一齣戲，所以都在等候著。

魏海河說完話後，就把麥克風交回了給傅遠山。

傅遠山瞧了瞧眾人，把面前的麥克風拉近了些，然後又把周宣遞給他的本子翻到記錄的第一頁，這才說道：

「各位領導，各位市局以及分局的幹警們，大家好！今天晚上開的這個緊急會議，其實

是準備執行一個大行動。因爲事關很多大案要案的安全進程，所以這次把市委領導也請來壓陣。在此，我爲把大家在休息時間召集過來表示抱歉，但我們是公安幹警，是老百姓的衛士，是國家安定的衛士，犧牲一些休息時間是應該的。現在，我就不提這些廢話了，直接說重點。」

傅遠山瞧了瞧會議室中的眾人，然後說道：

「在前一次的案子後，我又與市局的各位幹警分析和檢查了近半年內的積存案子。經過大家的努力，又檢查出三十四件案子的線索。因爲案子重大，事不宜遲，所以我彙報市委領導後，在市委魏書記與各位領導的親自督陣之下，準備和城裏全市公安幹警來一次超級大行動。」

傅遠山的話模稜兩可的，市局的下屬幹部們都是一頭霧水，不知道傅遠山這是與什麼人檢查分析的，至少是沒和他們討論，難道是與昨天那一群落魄的幹警？

這些人是這樣想的，但那十幾名與傅遠山一起行動的幹警也都詫異不已。傅遠山說的應該不是他們啊，因爲他們根本就沒有跟傅遠山分析過任何事。再說，這些案子經過了那麼多專家幹警的偵察都破不了的案子，就算他們沒日沒夜地分析再分析，那也破不了，更別說如傅遠山所說的「三十四件案子」了，會不會是小偷行竊，還是誰掉了手機、弄丟自行車這樣的三十四件案子？

但接下來，傅遠山安排七大分局各自負責四宗案子，市局負責六宗案子，並在當場將案件卷宗調出來，分交給各大分局，並把嫌犯目前的行蹤和住所說了個明白。

各分局局長趕緊把詳細內容記錄下來，而後傅遠山又把市局各組人員分成六個組，讓他們分別負責六宗案子的抓捕行動。市委和公安部等領導，就在市局辦公大樓總部指揮處指揮所有的行動。

一個分局負擔四件案子的抓捕行動，僅僅只是抓捕行動，並不算難事。難的是破案過程。組織人手破案，這個過程是最折磨人的，而破案之後的抓捕收網行動，其實是最輕鬆的一道程序了。

當傅遠山把所有任務都安排完後，又對魏海河說道：「魏書記，您是這次行動的總指揮，這行動令就由您來發出吧。」

魏海河威嚴地掃視了一下會議廳中的眾人，然後點點頭，低沉地說道：「各行動組在行動中需要嚴格保密，哪一個環節出現了洩密的事情，將一追到底，並立即開除公職並移交司法機關！現在我宣布，行動開始！」

傅遠山率領市局幹警與分局領導魚貫而出，其中包括周宣和張蕾。

# 第一一一章

# 鯉魚躍龍門

傅遠山半年前還是一個城裏分局的小小局長，
在短短半年中，竟然鯉魚躍龍門一般，
以令人不可思議的速度躍到了市局局長的位置，
在短短兩天中，就破了數十宗城裏積存下來的大要難案。

辦公室中，就只剩下魏海河等七位領導。魏海河神色平靜，因爲有了昨天的驚喜，他基本上瞭解到老爺子所說的關於周宣的事情，周宣就是他們家最大的貴人，看來這事還真不假。

其他四位市委領導都是驚疑不定。昨天，傅遠山成功破除的七宗案子，已經讓他們都打消了再與魏海河爭取公安局長這個位置的念頭，而今天，傅遠山的說法更是離譜，三十四宗積存的案子全破了，而且全是那些大案要案，並不是小偷小摸的案子……當然，要真是這些小案子，或者是突擊檢查黃賭之類的行動，是絕不會把他們這些領導請過來的。

但傅遠山真有這樣的把握嗎？照理說，這絕對是不可能的事，但傅遠山和魏海河應該不會搬石頭砸自己的腳吧？本來傅遠山有昨天的破案成績，已經可以說是坐實了公安局長的位置，而今天這些案子，對於他們來說，提出來實在是太過凶險了，要是失敗，那就是給對手們反擊的大好機會。

至於昨天的成績雖然驚人，但在一天後就做起了這樣浮誇亂行的事，這樣的人，又怎麼敢把他安排在公安局長的位置上呢？如果失敗，就會授人口實。不過幾個領導又想到，以魏海河的深沉，又怎麼會輕易做出離譜或者危險的事情來？

唯一可能的是，傅遠山安排這些行動的背後，是他們真正掌握了這三十四宗案子的線索，但果真如此的話，那也未免太過令人震驚了吧！

如果這次行動又成功的話，即使不說完全成績，只要行動中有一成兩成的成功率，那就說明，傅遠山是下了極大功夫的，他們沒有任何話說。除非一件案子都沒能破，他們才能借機說事，但只要案子成功率能達到一半，或者一半以上的話，那就令他們恐懼了。

如果有那樣的破案率，傅遠山別說只是市局公安局長，即使是再上一層樓，也是十分可能的。

一般來說，每個地方上的公安局長，基本上都是由當地政法委書記兼任的。而城裏的政法委書記是劉東青，此刻最受煎熬的就是他。傅遠山的成績越突出，那就越顯示出他的無能。城裏的政法在他領導之下積攢了如此多的大要案無法破除，當然，破除不了大案，這還不是對他最致命的，致命的是，在他領導之下破不了的案子，換了個人領導，不僅統統被破除，而且時間如此之短，這才是讓劉東青最難受的地方。只要傅遠山歸來，破除的案子能超出一半，那他政法委書記的位置只怕就泡湯了。

就算他沒被降職，等待他的恐怕也是調任他地。像他這樣的職位級別，平調其實就是在走下坡路了。

辦公室的小吳和同事這時趕緊給幾位領導送上茶水。魏海河淺淺喝了一口，眼睛雖然沒有看那幾個人，但心裏其實是在注意著。他自己其實同樣緊張，但基於對周宣的信任，便穩

下心來。

幾個市委領導一直是跟他明裏暗裏鬥個不停的，截至目前，各方都是平分秋色，沒有絕對的輸，也沒有絕對的贏。但是這一次，魏海河已經把他們徹底打敗了，這讓他們感覺到，魏海河實在是太深沉，深沉得可以讓他們陷進去了。

而今晚到底會出現什麼樣的結局，還得等傅遠山率隊歸來後才能知道。大家都是忐忑不安的心態，只是魏海河心中更有數一些。

其實這就是一場豪賭。魏海河與傅遠山的豪賭，是基於對周宣的絕對信任。賭贏了，魏海河在城裏就算正式登堂入室，而傅遠山的職業前程也就此躍上了一個新臺階。但同樣的，如果這一步賭輸了，將要遇到的阻力也難以想像。可以不懷疑地說，各方面圍攻夾擊會接踵而來，這是顯而易見的。

但魏海河相信周宣的能力，這件事，只許成功而不許失敗。

但就算是這樣，魏海河心裏也還是不免焦急，而在場的七個人中，昔日的對手們其實比他更加的焦急。他們是希望魏海河這一役大敗而歸，那他們就有了反擊的話題，不過這種想法，在他們心中已經弱了許多。前一次的震撼打擊，到此時都還沒有完全消失，那種不是魏海河對手的念頭還在腦子中盤旋，這一次，魏海河又怎麼會做無把握的事？

這可不是小孩玩扮家家酒，說是生死相搏也不為過。對於他們來說，失敗就等於事業前程被判了死刑。

七個巨頭在這間大辦公室裏等候，而此時，整個城裏都步入了緊張的氣氛中。城裏所有的幹警都出動了，各自往明確分配下來的目標地點而去，雖然目標是確定的，但此次的任務卻是一頭霧水。

那些傅遠山在會議上提出來的案子，絕大多數都是他們知道的，但那些案子自未破而積存檔案後，在他們腦中只有一些模糊的印象了，此次傅遠山忽然提出來，也沒有經他們重組破案小組，而是直接就去進行抓捕；更離譜的是，像這樣的大案子，一共還有三十四宗！

疑惑歸疑惑，任務歸任務，任務還是要執行的。

在傅遠山那一組中，張蕾和周宣也在列。張蕾尤其奇怪。因爲剛才傅遠山講話的時候，拿出來照本宣科的稿子，竟然就是周宣那個筆記本。

張蕾人微言輕，加上她也不算正式的行動小組成員，只是傅遠山顧及她跟周宣是搭檔，這才把她叫了一塊來。

此時，張蕾覺得把周宣看得有些透了。當然，對周宣的秘密她還遠遠不知道，但是，傅遠山把周宣安插進來肯定是有目的的。不知道周宣在中間到底出了什麼力，但傅遠山破的這些案子，周宣在中間顯然起到了關鍵的作用。

張蕾不確定是不是周宣把這些案子破了，但之前卻見到周宣在證物處用筆記本寫得密密麻麻的，之後，傅遠山又宣讀了周宣的那個筆記本，這中間，有什麼秘密嗎？

張蕾沒辦法知道。現在，其他同事都是摩拳擦槍的，只有周宣躺靠在座位上打瞌睡，似乎根本就不在乎會發生什麼事一般。

傅遠山其實是最激動的一個人，雖然表面上看起來很冷靜，但他額頭上的汗水就能說明一切。車裏人是多，但冷氣開得很大很強，還有汗水跑出來，說明他內心也是很緊張的。

到了目的地後，傅遠山這一組大約有二十多個人。要下去執行任務時，周宣依舊在座位上打瞌睡，看到其他人都下車了，張蕾瞧了瞧，伸手悄悄推了推周宣，想提醒他，不過周宣把頭轉到了另一邊，仍然呼呼大睡。

傅遠山呵呵笑道：「小張，不用叫他了，你也留下吧。」

張蕾自然不肯，不再提醒周宣，而是跟著下了車。

其實周宣自然是沒有睡著，他的異能早探測到了，在這棟大樓十一樓的一個房間中，那個嫌犯正在睡大覺，因爲長時間沒有查到他的線索，所以現在他已經沒那麼警惕了。

但在他的枕頭下面，還是放了一把上膛的手槍。而在房間的一個箱子中，還有炸藥。周宣爲了安全著想，暗中已經把手槍、子彈和炸藥毀掉了，即使那個凶犯有機會行兇，他也沒有武器了。

上去抓捕的幹警分成了兩路，一路從電梯，另一路從樓梯，把兩條通道都封鎖住了，到十一樓確認門牌號碼後，最前面的兩個特警比劃了一下，其他人持槍後退，最前面的兩個人猛地一腳把門踹開了，七八個人迅速地衝進房中。

嫌犯正在睡覺，三四名到床邊的員警一下子就把嫌犯死死控制住。

那嫌犯其實已經被周宣用異能凍結住了，在員警控制他的時候，周宣才解除了異能的控制，那嫌犯睜開眼後，莫名其妙地發現自己已經被警方控制住了。

嫌犯是知道自己有事的，無論他怎樣合作，怎樣坦白，他的結果都是一個死，沒有第二條路可走，所以一醒悟時，便即狠命掙扎反抗。那些特警當然不會容許他掙脫，控制住他後，當即用透明膠帶將嫌犯的嘴、手腳等部位都封了起來。其他的員警同時又在房中搜查起來，手槍和炸藥隨後被搜出來，又搜到了一些證據，刑警們一邊搜集證據，一邊把嫌犯蒙了頭往樓下帶。

張蕾雖然跟著上來了，但抓捕行動跟她想像的一點都不一樣。這跟上一次與周宣在一起時的行動一樣，簡單又簡單。抓捕的時候，她在最後面，輪到她進到房中時，嫌犯已經被控制住，緊跟著就一起到樓下了。

在車上指揮的傅遠山，此時又陸續接到了其他小組和分局打來通知行動結果的電話。在這裏，傅遠山安排了幾名有經驗的老刑警搜集證據和搜查嫌犯的房子，同時封鎖這個房子，

其他人跟他返回市局。

在路上，傅遠山接到成功完成抓捕行動的案子，一共是二十九件，有五件案子的嫌犯不在住處，但搜查的那個地方卻搜到很多證據，同時也可以根據搜到的一部分證據來給嫌犯定罪，所以行動小組一邊向傅遠山彙報，一邊又往新的地點撲去，準備進行第二次抓捕行動。

傅遠山心情大好，那五宗案子就跟前一次抓捕時其中一件案子一樣，嫌犯不在，但案子本身確實破了，再抓也不是難事了，而且消息並未洩露，所以嫌犯並不知情。

傅遠山拿出手機來，給魏海河發了一條「二十九成功，五件進行第二次抓捕」的短信，因爲魏海河還在焦急的等待，心情比他也好不了多少。這時案子落實了以後，應該在第一時間告訴他，讓他心定下來，好想出更好更詳細的計畫來對付其他對手。

這個時候，魏海河心中當然焦急，只是表面冷靜而已，當衣袋中的手機震動起來，魏海河全身都爲之一震，不過隨即又鎮定下來，稍微看了一下其他人，因爲他的手機已調成震動，沒有聲音，所以其他人都沒有發覺。

魏海河當即把手機掏出來，在桌面下打開信箱，把短信看了一遍，臉上頓時露出了微笑，緊繃的心情也鬆弛下來。

傅遠山及時彙報的短信，讓魏海河的腦子又飛快地轉動起來，計畫著後面將要給其他常委們如何一個迅雷不及掩耳的攻擊。這次計畫可以說是極端理想的結果了，魏海河甚至已經覺得眼前一片光明前景了。

傅遠山一行回到市局後，立即又通知各分局，把嫌犯全部送到市局由他派專人審訊，行動小組在廣場等候，他則到樓上向市委領導們彙報。

廣場此時亮了無數大燈，燈火輝煌，照得整個廣場亮堂堂的。這時候，一眾幹警以及其他小組成員在廣場上聚集起來，個個都興奮交談著。案子破了總歸是高興的事，這時倒是沒有怨氣了。

周宣仍然在車裏睡覺不出來，出來的話，廣場上連個坐的地方都沒有。張蕾也沒有下車，不過這時候，她倒是有些覺得周宣是在裝睡了，於是推了推他，說道：

「周宣，別睡了，我有話要問你。」

周宣伸了個懶腰，然後問道：「什麼事啊？餓了，是不是有吃的？」

「你就知道吃！」張蕾啐了一聲，然後又說道：「今天晚上的事，你就沒有什麼跟我說明的？」

「說明什麼？有什麼要說明的？」周宣詫異地問道，說實在的，他還真不知道張蕾是什麼意思。

張蕾悻悻地道：「就今天晚上的事，這次大行動，你說，你到底幹了些什麼？」

周宣不明白她的意思，也就裝糊塗地回答道：「這次行動關我什麼事啊？我們一直都在一起，你又不是沒看到，什麼事我都沒做，做過的事就是睡覺！」

「哼！」張蕾氣哼哼地說道，「你可以當我傻當我笨，但你不能當我是個沒有思維的木偶！傅局長在會議上說話的時候，照著念的那個筆記本，你沒有什麼要跟我說明的嗎？」

周宣一怔，原來張蕾是看到了這個，倒真是大意了，看來張蕾很細心，並不如她表面那麼大大咧咧的樣子。

「這個啊……」周宣遮掩地笑了笑後，略一思索，馬上就把這個責任推到了傅遠山頭上，「這其實都是傅局長安排我做的，我什麼都不知道。上級安排我做什麼就做什麼，我只是把案子抄錄下來，別的什麼也沒做過。」

張蕾皺了皺眉頭，周宣一副無辜的語氣，她著實也沒有辦法，不過對周宣的話也只是半信半疑。

這些事都是傅遠山在背後操縱的，這倒極有可能是真實的。不過張蕾就是覺得還有些奇怪，確切地說，是周宣太奇怪了，一個超乎尋常的武林高手，有著超絕而且神秘的身手，到了市局後，市局就一口氣破獲了數十宗大要案，這其中真的沒有任何關聯嗎？

張蕾哼了哼，也拿周宣別無他法，又瞧了瞧車外的廣場上，各分局的人正陸續押著嫌犯到了，廣場上人一多，就顯得有些擁擠的感覺了。

只有周宣毫不爲這些所動，一點也不激動，在車裏坐著覺得挺舒服的，看著張蕾激動的樣子，淡淡笑道：「張蕾，抓捕犯人的時候你是跟著去的，我想你當時肯定很英勇吧？呵呵。」

「英勇個屁！」張蕾惱怒地脫口而出，一點也沒有覺得說話粗俗，「十幾個特警把我擠在了最後，等我進去的時候，嫌犯已經用膠布纏得跟個大粽子一樣，行動哪裡關我什麼事了？」

張蕾說這些話時，一副悻悻到極點的味道，周宣不禁有些好笑，也是，以她那不服輸的性格，本就想在男人面前不示弱，雖然她參加了這次行動，但實際上卻不關她的事，只不過是跟著走了一趟而已，周宣不說還好，一說便引起了張蕾的極度不滿。

兩個人說了沒幾句，傅遠山便下來了，在廣場上大聲通知各分局和市局的下屬，安排刑偵人員進行全方面的突擊審訊。除了必須工作的人員留下來以外，其他人員都可以回家休息了。

傅遠山在安排完成後，又到樓上陪著魏海河一行到審訊室觀看審訊錄影帶。魏海河本人決定留守市局，隨同夜審，於是吩咐其他市委領導和劉副部長、陳廳長，讓他們可以自行安排自己的時間了。

市委其他領導倒還好說，如果要走掉，隨便找個理由就可以了，但陳廳長和劉副部長倒

是不好走了，畢竟他們是公安系統的領導，人家市委書記都沒走，他們又怎麼能走呢？

最難堪的其實是政法委劉東青劉書記，這個管著城裏政法系統的實權人物，此時正面臨著一生中最難過的日子。

傅遠山這麼一個無名小卒，半年前還是一個城裏分局的小小局長，但就是他這麼個小小局長，在短短半年中，竟然鯉魚躍龍門一般，以令人不可思議的速度躍到了市局局長的位置，在代任市局局長的短短兩天中，就破了數十宗城裏積存下來的大要難案。

既然是案子嘛，自然是有破有不能破的，這一點都不奇怪，但傅遠山上任之初便破了這麼多，如果只是一件兩件也還好說，關鍵是他一下子就破了這麼多，簡直是不可思議。

傅遠山破案的同時，無疑就是在他臉上狠狠扇耳光，可以說，每破一宗案子就是在他臉上打了一記響亮的耳光，這可以直接歸於他的無能，也可以說，城裏政法界在他的管理下，是如此的沒有作爲！

又因爲在魏海河到城裏來的一年多時間中，劉東青是魏海河的第二大對手，第一個自然是陳曉明市長，在他們兩個的夾擊下，魏海河的工作根本無法進行，一直受著鉗制。

陳曉明跟劉東青其實也不是同一陣線的人，但在面對魏海河這個最強大的對手時，他們難得的配合起來。因爲，如果他們某一方單獨與魏海河對抗的話，魏海河也還是可以對付的，但他們合在一起，那力量就不能讓人輕視了。

不過，這一次魏海河的動作太出乎他們意料了，可以說是無法想像。魏海河是這麼迅速這麼有力地讓他們無法反擊，甚至是把他們的聯盟都擊潰了。

不僅僅是擊潰，劉東青明白，如果今天突審的結果證明，這次行動抓捕的嫌犯沒有冤假錯案的話，那他的政法委書記的位子也就坐到頭了。

如果劉東青敗走城裏，那他與陳曉明夾擊魏海河的陣營自然就破裂了，此消彼長之下，陳曉明一個人是無法再與魏海河對抗的，雖然他們還有一些勢力配合著，但相對來說，遠不是劉東青這樣的級別可以相比的，所以可以忽略不計。

在審訊觀察室中，劉東青已經麻木了。魏海河要求他們在現場審訊，那就是要他們明白，這裏面沒有任何的花樣，沒有一丁點的冤假錯案，就是要讓他們輸得口服心服。

體制內從來就不缺少爭鬥，明裏暗裏陰招陽招層出不窮，但魏海河這一次的手段卻是讓他們沒有任何閒話可說。魏海河沒有用任何陰招，勝他們用的都是實際的成績，這其實比陰招來得更狠，但通常，一般人做不到這一點。

陳曉明也明白，如果魏海河這一仗勝了，那他也沒有多大的空間了。其他人也都拿眼盯著呢，之所以沒投入魏海河的陣線，那是魏海河並不能表示出絕對的勝算。人都是自私的，誰會投向一個位子坐不長久的市委書記呢？

但如果魏海河這一役贏了，把市委書記的位子坐得嚴嚴實實的，城裏的下屬單位也給他

抓到手中後，這些人就不用說了，絕對會向他靠過去。

陳曉明此時就在等待審訊案子的結果。到目前爲止，在他們的監視之下，還沒有發現一件案子是用刑逼審訊出來的。那些嫌犯都是惡貫滿盈的兇手，早有心理準備，不比初次犯罪的人，而周宣又把他們行兇時的情形寫得很清楚，審訊人員只是略微提了一丁點，他們便徹底認輸了。因爲在那麼絕密的情形下做的案子，警方都能知道得這麼詳細，那說明警方已經徹底掌控了他們的犯罪事實，做了便是做了，乾脆爽快認了，遠比其他小案子那些審訊要來得容易得多。

在監察室中觀察的陳曉明和劉東青此刻就已經知道，他們徹底輸了。城裏，以後將真正進入魏海河時代，由不得他們再作阻撓了。

這次，所有人都輸得是心服口服。沒想到魏海河在暗中下了這麼大的血本和精力，也做得夠隱秘，居然沒能讓他們有一丁點的發現，所以也讓他們如此的措手不及，沒有半分反抗的餘地。

這時候想起來，當初魏海河提議讓傅遠山代任局長的時候，就已經埋伏了。當時，他們還以爲是魏海河鋌而走險，在他市委書記最後的日子裏瘋狂一把，現在才明白，魏海河這才叫真正的深沉。

贏家才有發言權，等到最後一宗案子審訊結束後，天已經漸漸發白，這一夜就這麼過去了。陳曉明幾個人似乎都已經麻木，而劉東青卻好像老了十歲一般，臉色蒼老憔悴。

魏海河雖然同樣疲倦，但精神卻是旺盛的，把吸到盡頭的菸頭隨手一扔，然後說道：「老陳，回家吧，辛苦了一晚，今天休息半天。你的休假我來批。一定要好好休息！工作重要，但身體更重要，身體沒有了，又怎麼做得好工作呢？」

劉東青更是苦澀，魏海河對陳曉明親近，而對他卻不冷不熱，這已經表明魏海河是要對他下手了。也許等不了幾天，中組部的官員便會來找他談話了，城裏，當真是個不好玩的地方了。

劉東青澀澀地道：「魏書記，我也向您請個假，最近好像是痨病發了，站坐都不行，醫生檢查過，說是要長期住院，本來上個星期就想跟魏書記打個報告請休病假的，這兩天耽擱了，我看不如就現在跟魏書記請個假，隨後我會讓我的秘書把辭職報告送到魏書記手中。」

看到劉東青提前認輸了，魏海河淡淡一笑，伸手拍了拍劉東青的肩膀，安慰道：「老劉，身體重要啊，你這個假我批准了，好好養病吧。」

在劉東青面前，魏海河也不掩飾，也不做挽留的假面子，政壇對手嘛，能拿下就得拿下，不是心軟的問題。

劉副部長和陳廳長也都向魏海河告辭回去，向上級彙報這次的行動情況，市委其他領導

也都相繼隨著劉東青之後離去。

魏海河倒是特地把陳曉明留了下來，等到眾人都離開後，這才呵呵微笑著說道：「陳市長，今天的事，你有什麼看法？」

陳曉明遲疑了一下，魏海河這是向他挑釁嗎？不過此次，劉東青潰敗而走，剩他一人已是獨木難支，如果魏海河也要把他擠出城裏，那就絕不是難事了。估計過不了幾天，他就會把傅遠山提攜上去，進而升任政法委書記。這樣的話，魏海河便可以掌控財政、公檢法這幾大重要部門。而對陳曉明來說，卡脖子尤其厲害的就是財政，市長市長，管的就是市政，如果沒有財政大權，那他這個市長還有什麼幹頭？

陳曉明不知道魏海河到底是什麼意思，到現在，魏海河已經全面占取了上風，又擊破了他跟劉東青的聯盟，陳曉明自然知道他的形勢比主動求敗的劉東青好不了多少，只要魏海河願意，他一樣可以被趕走。

這一年多以來，陳曉明對魏海河同樣是那種心態，凡是能與魏海河對抗的地方，他是絕不放過的，魏海河又因爲根基不牢，做事縛手縛腳的，也奈何不得他。

而現在，魏海河終於全面攻陷了這個地方，換了自己是他，會不會把自己趕出城裏地面？

不用想太久，陳曉明便知道自己心底裏的那個回答聲音：他會這麼做！想必魏海河是同樣的念頭吧。

現在，魏海河剛把劉東青逼得主動退走，又緊接著來問他是什麼看法，他能有什麼看法？

陳曉明遲疑了片刻，忽然間感到意興闌珊，嘆了一聲道：「老魏，祝賀你！」

陳曉明的這個話，魏海河自然懂得，陳曉明是真正認輸了，在之前，陳曉明從來沒有稱呼他爲「老魏」過，只是以「魏書記」稱呼，從來都是公事公辦的態度。但現在，他用「老魏」這個略帶感情的稱呼，魏海河感覺得到，他是真正認輸了。

魏海河淡淡一笑，然後凝視著陳曉明，眼光帶著真誠說道：

「老陳，現在就你我兩個人，我推心置腹地跟你說幾句話，如果你覺得說得合你心意，咱們再說其他的，如果你覺得我是另有企圖，不懷好意，那我尊重你的決定。我知道，你現在意興闌珊，有從此急流勇退的念頭。」

陳曉明怔了怔，不明白魏海河是什麼意思，想了想後才回答道：「你說吧，我聽著。」

即使不明白魏海河此時是嘲是諷，又或者是表露一下勝者的高姿態，陳曉明忽然都覺得無所謂了，什麼事都是在進行的過程中而感到緊張，等到結果出來時，卻都能接受了。他此時就是這樣一種心態。

再者，敗退城裏，他的結果就是平調到其他地方，在體制裏的升遷中，一般都有這樣一

個規則，如果是因爲個人能力強被領導看中，又或者是本職工作做得非常出色，那麼就算是平調，以後的前程依然是光明的，但如果是在職被迫夾擊而敗走的，哪怕是平調，官職並沒下降，以後的仕途也就到頭了。

這種走，就是你無能的一種表現。至少，你從此不在上級關注扶持的人選之列了。

陳曉明這幾年的工作基本上是不過不失，如果不是遇到魏海河這麼一任強勢又來頭極大的書記，那麼他的前途還是大有可觀的。任上幾年政績出色的話，升任市委書記再達權力最高的中心層，那也是很可能的。

魏海河瞧著沉思的陳曉明，笑笑道：「老陳，你今年五十四了吧？呵呵，我今年五十一，在十年中不入中委的話，這一生也就站在門外了。」

「老陳，我已經跟你說了，現在還要推心置腹地跟你說一些話。」魏海河意味深長地道，「我來城裏的這一年多時間，你雖然在行爲上與我對著幹，但我理解，一任市長與新任書記，本來就是權力博弈的兩方，咱們的陣線雖不是統一的，但老陳，你做事的風格卻是我很欣賞的。你經驗老到，做事穩沉，雖少了些新意，但對穩定這兩個字卻是體現得最好，而現在，你說城裏最需要的是什麼？」

魏海河說到這裏，又長長地嘆了一聲，說道：「城裏現在最需要的就是穩定！」

陳曉明呆了呆，忽然覺得魏海河話中有話，難道是有了什麼轉機？

陳曉明心中頓時激動起來，難道說，魏海河並不想把他逼走？如果是魏海河發力將他逼走，那他只能是一敗塗地，但若魏海河並沒有那種念頭，以他現在所表露的意思來看，如果他能跟魏海河合作的話，留在城裏繼續做他的市長，也許他的前途依然是光明的，但問題是，魏海河怎麼會可能放過他呢？難道他忘了，這一年中，自己是如何聯手劉東青對付他的？

魏海河似乎是看透了陳曉明的想法，笑了笑，伸手拍了拍他的肩膀，語重心長地道：「老陳，我知道你是什麼想法，所以我現在是請求你，請你幫我一起把城裏治理好！說實話，我現在要把你擠走，那不是難事，但接下來會怎麼樣呢？城裏的局勢複雜無比，我雖然現在占了一些優勢，但上頭肯定不會由我來提人選，也肯定會扶持一個與我不同調的市長來與我分庭抗禮，今後我還得再花一部分力氣來防範他。與其花心思跟他鬥，我還不如請你別走。俗話說，沒有永遠的敵人，只要你願意留下來，咱們也就不要再明爭暗鬥了，大家一起把城裏治理得紅紅火火的，這不是比什麼都好？你想想，現在幾個大城市都已經走在了前頭，而我們城裏的科技園在走下坡路，西郊的開發還沒成形，市民的收入需要更上一層樓……」

魏海河越說越激動起來，臉色都紅了起來，「老陳，你想想，如果咱們把互相爭鬥的精力都拿來用到爲民辦事上，多做些對城裏發展有好處的事，那不是比什麼都強?!你需要的，

我需要的，其實就都可以達到了。你看，這一年多以來，咱們一直是明爭暗鬥，相互鉗制，結果什麼事都展不開做不到，你說是不是？」

## 第一一二章

# 鐵證如山

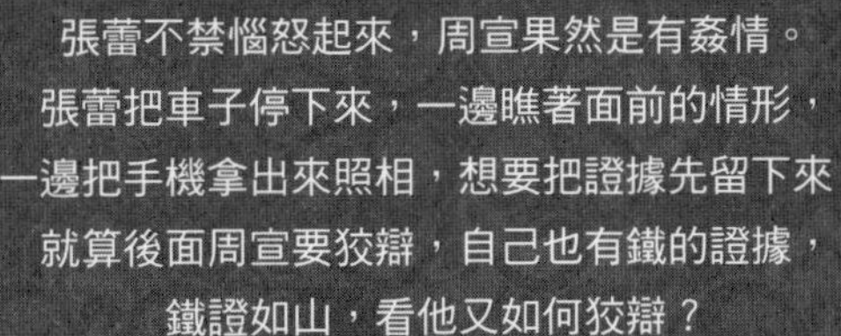

張雷不禁惱怒起來，周宣果然是有姦情。
張雷把車子停下來，一邊瞧著面前的情形，
一邊把手機拿出來照相，想要把證據先留下來，
就算後面周宣要狡辯，自己也有鐵的證據，
鐵證如山，看他又如何狡辯？

陳曉明心中的一塊重石，似乎在這一刻給魏海河的一席話炸得粉碎！這才知道，原來魏海河是這個意思。

陳曉明可以清楚地感覺到魏海河的真誠，他知道，魏海河今天說的這些話是可以信任的。因爲事實也確實如此。如果把他逼走，必然會有一個新市長過來，如他所說，有百分之九十的可能是魏海河不熟悉的人，之後就又會陷入爭鬥鉗制中，確實會分散魏海河的大部分精力。如果魏海河與自己合作的話，城裏的事務就會順利展開，市政有他主持，魏海河在後面出力，幹出政績來，自己也有份兒的。

而且，還有一個好處，就是魏海河現在不逼他走的話，上面也不會撤掉自己，因爲自己跟魏海河不是同一個陣線的。但之後，自己與他合力把城裏的工作做好，反而對他們是極爲有利的好事，比鬥爭要有利得多。

陳曉明呆怔了一陣子，抬起眼來瞧著魏海河，魏海河微笑著把手伸出來，等著與他握手言和。這一步，自己是踏還是不踏？

踏上這一步，與魏海河握手的話，那自己以後的前程依然光明，但無疑他就會被打上魏的烙印；但如果不與他合作的話，自己的前程就會戛然而止，平調出去肯定也不會成爲哪個城市的一把手，四五年一過便到了退休的時間，這一生就僅止於此了。

陳曉明心中忽然又飄過魏海河剛剛說的話：「人生中沒有永遠的敵人。」是啊，此時退一步就是海闊天空了，也可以再也不用花心思費精力去防人，去明爭暗鬥，把全部精力都用到做事上，這不是更好嗎？

沉思良久，陳曉明知道自己根本就不可能拒絕得了魏海河的誘惑。之所以想這麼久，還是在考慮著魏海河的誠意，要是自己現在就與他握手的話，以後他會不會過河拆橋呢？

魏海河微笑著道：「老陳，如果你願意，我現在就可以向你承諾。科技園和西郊新區開發，我撥一百二十億的專款，你也明白，這只是第一期的款項，我會讓你大展手腳的……」

聽魏海河說的話，陳曉明血氣湧動，似乎又回到了年輕的時代，再也不多想，伸手就跟魏海河的手緊緊握到了一起，只是說道：

「好好，老魏，我就把這條老命賣給你了，跟你一起把城裏治理好，不再把精力費到那無謂的爭鬥上了，即使五年後我退休，至少這一生也不會後悔了！」

「老陳，我們的合作一定是愉快的！」魏海河笑呵呵地說道。與陳曉明的合作，遠比把他排擠出城裏要好得多。在這個時候他能拉陳曉明一把，就是多拉了一個忠心的朋友了。

此後的一個月中，傅遠山首先接到了中組部官員的面談考查，同時，市委常委一致通過了政法委書記劉東青的因病辭職報告，並對劉書記的成績予以肯定。

而後不過一個星期，傅遠山就在城裏市委常委中，以絕對的票選優勢通過了正式任命城

裏市公安局局長的決議。

在會上，陳曉明市長又提出，由於傅遠山的超強能力，爲城裏的安定做出了重大貢獻，也是有史以來最爲突出的一位局長，因此，提議傅遠山代任政法委書記一職，雖說傅遠山資歷略淺，但不拘一格降人才才是當今的選賢之道嘛。

常委會上，幾個與魏海河一直不對盤的常委驚奇地發現，平時以陳曉明爲首的反對魏海河的人，幾乎都來了個三百六十度的大轉變，而另一個重要人物劉東青又因病辭職了。

他到底是不是因病辭職，大家心裏有數，但魏海河已經占了絕對的優勢，剩下幾個人是興不起風、作不起浪的，即使反對也於事無補。既然於事無補，那又何必再跟魏海河對著幹呢，再對著幹，想想，劉東青或者就是個很好的例子。

所以，傅遠山的代任政法委書記一事也順利通過了。這讓傅遠山自己都沒有想到。當魏海河讓他在會議上表決心時，他甚至都有些說不出話來。

但不可否認的是，除了魏海河一個人外，其他人無不是對傅遠山的能力佩服到極致，換了他們其中的任何一個人也是辦不到的。雖然他有些言語笨拙，但並不影響大家對他的看法。

傅遠山回到市局後，雖然不是大刀闊斧地換人手，但也把好幾個無作爲的下屬換掉，比如四處處長劉興洲。在上任之初，爲了穩定，還不適合大火急烹，但立點規矩，還是有必要的，一個讓下屬不怕的上司，也做不了什麼事。

周宣在第二階段的案子破了以後，也就放緩了步子。後面案子的時間更久了，在證物上已經探測不到什麼影像，即使查了個遍，也只再破了十宗案子不到。

不過，傅遠山的威信已經夠強了，至少在他上任後，短短一個月之中，沉舊的大要案都給他破了一半了，這樣的能力，還能有誰比得上？

再說，傅遠山行事做事並不是一味任人唯親，多半是以能力來決定的，勤做事能力強的就提上去，他又不循什麼私，又不以自己的親信任要職，下屬們對他的尊敬就慢慢增加了，一個肯做事的上司，是最能激起下屬的奮鬥心性的。

傅遠山私下裏又問了一次周宣，問他願不願升職，周宣淡淡搖頭，微笑道：「大哥，我喜歡做事卻又不想負太多責任，心理沒壓力的感覺最好。這樣，我喜歡做的時候就去做，不喜歡的時候就幹別的，我不喜歡受拘束。」

在後面一個多月中，周宣又懶散起來，成日都是玩遊戲，或者是偷懶溜出去吃吃喝喝，張蕾跟他是搭檔，自然是隨時緊跟不捨。

周宣也不甩開她，只是在分析案子破案的時候才會有意無意地避開她。但自從案子清理完後，他也基本上沒有什麼事做了。

傅遠山卻是忙了起來。成了第一把手後，一方面是整個城裏的公安系統歸他管了，下面

無論是大事小事，下屬都要來彙報一下，當真是絕對的權力中心；另一方面，傅遠山代任政法委書記後，市裡的事也是脫不開身，實際上，還是市委政法方面的事要多一些，市局的事反而管得少一些，在這一個多月的大力破案之下，城裏的治安可以說是空前良好。

又上了一個月班之後，周宣在市局將近上了三個月的班，做了三個月的員警，幾乎是閒得沒事了。

想了好幾天，周宣準備向傅遠山辭職，回去做他的周散人了，不過還沒向傅遠山提出來，倒是先接到了老爺子的電話，說是請他到魏海洪那兒去聚一下，想跟他聊聊天。

他有很長一段時間沒見過老爺子了，周宣實在還挺想他。魏家的人，除了魏曉雨、魏曉晴姐妹外，長輩中，他就只跟魏海洪和老爺子最談得來，跟魏海洪是兄弟情誼，跟老爺子則是忘年交，老爺子要見他，那沒得說，肯定要去的。

四處早已經調派了一個新處長，是從刑警大隊裏調來的一個老刑警，經驗豐富，又是個做實事的人，也是傅遠山這次來市局，擁護他的那十幾個一直被排擠的中層幹部之一。

調來四處任處長後，他倒是把四處的作風改善了不少，但對周宣的懶散卻是放任不管。一是得了傅遠山的叮囑，知道這個是管不得的，二是早知道周宣有高深的武術，惹不得的。

他雖然是個做事的人，但卻不是傻子，幾十年的老刑警了，也知道規則不能對所有人都講的。

周宣走的時候，還是跟處長請了個假，說是有事要提前早退。處長自然是面帶笑容地一口答應下來，之前周宣溜出去玩樂，是很少跟他請假什麼的，今天居然還請了假，倒真是難得。

周宣回到辦公室順手把電腦關了，然後大搖大擺地出去到電梯邊等候，張蕾也緊緊地跟了過來，問道：「你又要去哪裡？」

「這個……去會一個老朋友！」周宣遲疑了一下才回答。老爺子對他來說，說是一個「老」朋友，確實也不爲過，在周宣認識的人當中，就數老爺子，傅盈的祖祖，老李，這三個年紀最大。

「哼哼……又想把我甩掉了，鬼鬼祟祟的。」張蕾悻悻地說道，「一看你就不是去幹什麼好事，我得跟著監視你。」

在張蕾的心目中，周宣除了身手好之外，其他一無是處，而且懶散不幹實事。原本張蕾還振奮了一陣子，準備跟周宣一起再破一些大案子，但越到後來就越讓她失望。周宣根本就不幹半點實事，上班除了偷懶打遊戲之外，其他什麼都不做，要不就是跑出去吃喝，任意妄爲，半點也沒有將市局的規章制度放在眼裏。

說實話，張蕾根本就不相信周宣說的話，什麼會老朋友小朋友的，如果說去會哪個女

人，她倒是有些相信，上次傅盈對她那麼好，說什麼也得幫她看住周宣。

周宣當然不知道張蕾心裏想著這些念頭，還以爲張蕾只是自己不帶她一起出去，怕自己一個人偷偷的去幹破案子的事，所以才想跟著自己的。

周宣想了想，猶豫了一下然後才說道：「張蕾，我是說真的，我是去見一個老朋友，這個地方，你去了沒什麼好處，還是不要去了。」

哪知道張蕾是周宣越說不能去的地方，反而越是有了心思要去，也覺得周宣心裏有鬼。

「不行，你不帶我去就證明你心裏有鬼，我一定要去，否則的話，你也別去。」張蕾毫不示弱，固執地回答著。

周宣自然不想用異能來凍結住她，她要去就去吧，只要到了魏海洪的別墅處，自己再嚇一嚇她，要是自己不開口，老爺子的警衛肯定不會放她進去的，就讓她在門口吃個悶虧好了。

電梯到了，兩人一起乘了電梯下樓，在廣場上，張蕾又問周宣：「我開車去，還是搭計程車去？」

周宣苦笑道：「我老實告訴你，那個地方不是你想去就能去的，反正我是不會跟你一起的，你要跟蹤的話，那你就開車跟著吧，我也不瞞你，但你肯定連人家大門都進不去的。」

「我不管，你也別想甩掉我，開車就開車。」張蕾氣沖沖地跑去開她的小車，一邊走一邊又回頭望著周宣，看他有沒有趁機溜掉。

周宣看到張蕾把車開出來後，這才緩緩到市局大門外攔車，張蕾瞪著他把車停在路邊等候，等到周宣攔了車坐上去後，才又把車開起來跟在後面。

這個不算是盯梢跟蹤，所以張蕾也不用隱藏行蹤，跟在計程車後面，只離了個五六米而已。

周宣吩咐司機開到西城魏海洪住的別墅區，進入社區後到離魏海洪的別墅還有三百米遠時，周宣就下了車步行，張蕾開著車緩緩跟在後面。

這個地方是高檔住宅區，張蕾很是懷疑周宣是不是真在這裏養了個二奶什麼的。畢竟周宣是個超級有錢的人，上次那張銀行卡裏可是有驚人的七十多億，無法想像，到現在張蕾都想不出周宣怎麼會有這麼多錢。如果是貪污，要貪到七十多億而不被發覺，那也太不可思議了。

周宣知道張蕾在後面跟著，淡淡一笑，仍然慢慢往前走，到別墅還有五六十米遠，老爺子的警衛就迎了上來。

老爺子的警衛和魏海洪的保鏢都認識周宣，所以都笑呵呵上前迎接，只是在他們身後，又閃出來一個二十多歲的女孩子。

張蕾一看這個女孩子，就覺得眼前一亮。這個女孩子高挑苗條，容貌驚人的美麗，與傅

盈也不遜半分。

當這個女孩子看到周宣後，臉上眼裏儘是幽怨的表情，張蕾不傻，這個表情，分明是愛周宣愛到了極點的樣子，不禁惱怒起來，周宣果然是有姦情。

張蕾把車子停下來，一邊瞧著面前的情形，一邊把手機拿出來照相，想要把證據先留下來，就算後面周宣要狡辯，自己也有鐵的證據，鐵證如山，看他又如何狡辯？

周宣看到這個女孩子時，心裏不禁震動，長嘆了一口氣。這個女孩子就是魏曉晴，與她沒見過面的日子差不多有半年了吧，這半年中，魏曉晴比以前更消瘦了。

魏曉晴看周宣的表情，毫不掩飾對他的思念，只是她雖然姓魏，魏家再有權勢，卻也沒辦法把周宣變成她的丈夫。

周宣一時間忘了後面還有張蕾跟著，瞧著魏曉晴，嘆了口氣才說道：「曉晴，好久不見了！」

魏曉晴幽幽地道：「是啊，是好久沒見了，要不是你來見我爺爺，你會來見我嗎？」嘆息了一聲又道，「我知道你不會的，你不會來見我的！」

魏曉晴在眾人面前一點也不掩飾，說得眼都紅了，周宣訕訕地極不好意思。

張蕾在車裏咬牙切齒地用手機拍攝著周宣與魏曉晴見面的場景，心想，男人果真是沒有一個好東西，有那麼漂亮、那麼好的老婆，還要在外面胡來。

不過，張蕾說什麼對眼前這個漂亮的女子也生不起憎厭的心情來，主要是魏曉晴的氣質太高雅，冰清玉潔的樣子，讓她無法在魏曉晴身上聯想到「二奶」、「小三」等字眼來，於是，一腔怒氣自然全發洩到周宣身上。

肯定是周宣騙了這個女孩子！一個有錢的男人只要多花點心思，用點花招，便能騙到女孩子，因爲她自己就是一個愛幻想的女孩子，想像中的男友，還是騎著白馬的王子呢。

不過，就在張蕾惱怒的拍攝時，周宣和那女孩子已經一起進入別墅大門裏了。張蕾正準備下車跟過去拍更多的證據，不料還沒等到她動身，車窗玻璃上就被人用手敲動著。

張蕾看了看，是個陌生的年輕男子在車外邊，於是放下了車窗，問道：「什麼事？」

那男子神情冷峻，絲毫沒有因爲她是一個漂亮的女孩子而和善一些，把手伸出來對張蕾說道：「手機，交給我。」

張蕾一怔，蠻橫地道：「憑什麼？你又是什麼人？」

那男子冷冷道：「你不用管我是什麼人，你剛剛拍的照片，我要銷毀。把你的身分證和其他證件都拿給我檢查。」

張蕾又氣又笑，說道：「你是員警？我也是員警！告訴你，我在執行公務，別妨礙我！」

看到這個男子說話的語氣，張蕾以爲他就是一個員警，所以把自己的工作證拿出來給他

亮了一下，又說道：「我是市局刑偵四處的刑警，在執行公務，沒事的話，你們不要來干擾我！」

誰知那男子根本不理會她的話，他看得出來，員警工作證倒是不假，不過伸著的手卻沒有縮回去，仍然說道：

「既然你是警方人員，那我就不說別的了，手機拿出來，相片我要毀掉。」

在亮了工作證後，對方居然還如此蠻橫地要毀掉她照下來的相片！張蕾惱怒之極，這個男子也沒有向她表明身分，是不是員警也不清楚，不亮身分就向她這個真員警耍橫，真是沒天理了！

張蕾眉毛一豎，當即便要出聲喝止，但那男子卻更快，伸手便奪了她的手機，也懶得刪相片，而是直接「啪」地一聲就將手機摔落在地，然後用腳踩了個粉碎。

張蕾呆了呆，沒料到這個男子如此膽大妄爲，難道他就不怕自己告他襲警和妨礙公務？

呆了呆後，張蕾惱怒之極地打開車門鑽出車，眼光一掃地面上，自己那手機已經成了一堆碎片，就算能力再強的維修師，也沒辦法把手機復原了。

張蕾呆怔了一下，抬起頭來，那個男子一點也沒有歉意，反而冷冷指著她後面的方向說道：「幸好你是員警，趕緊開車離開這裏！」

張蕾氣惱得實在受不了，腦子裏也糊塗了，哪還管得三七二十一，伸手就打過去。

雖然是個女孩子，但張蕾實際上並不是花瓶，在警校的時候，還曾拿過散打格鬥第二名，只是家庭的原因，所以並沒有得到危險的任務。不過說實話，現在的員警職業並不是電影電視中那般吹得離譜，在這樣的國情下，並沒有什麼危險。

只是張蕾迅捷的拳腳卻被那男子輕易就擋住了，瞬間拳腳都隱隱生疼，似乎自己的拳腳就像踢打在鐵板上一樣。

一看對方的動作，張蕾便知道自己遠不是他的對手了，這是個練家子，功夫厲害得很，恐怕只有周宣才能擋得住。一想到周宣，張蕾又氣不打一處來，自己不就是因爲他才受到這樣的羞辱嗎？

張蕾氣得神智都糊塗了，想也不想就伸手往腰間的槍摸去，但就在這一瞬間，她整個身子就像被電擊一樣，騰空飛起，摔落在四五米之外，好半天才清醒過來，看了看前方，那個男子手裏正拿著她的警槍，冷冷地盯著她。

就算再氣惱，張蕾此時也明白，這個人不是好對付的，知道她是員警還敢動手打她，而且現在還連她的槍都搶走了，雖然不知道自己剛才是被他怎麼搶槍的，又對自己用了什麼手段，但有一點她想到了，那就是，這個人不怕員警，不怕被告襲警等等罪名。

張蕾嘴裏惱道：「你……你……你知道不知道……」

那男子隨即打斷了她的話，冷冷道：「我什麼都不知道，我只知道你再不走就有麻煩

了。」

張蕾惱羞成怒，手機也沒有了，想要打回到局裏報警，也沒有工具，於是惱道：「把周宣給我叫出來，叫周宣出來！」

那男子一怔，問道：「你認識周先生？你們是什麼關係？」

張蕾氣不打一處來，惱道：「我跟他是什麼關係？你說能是什麼關係？這個忘恩負義的東西！」

那男子呆了起來，聽張蕾的語氣，難道她與周宣真有什麼關係？照理說應該不會啊，老爺子兩位孫女何等身分才貌，周宣都沒有動心，難道周宣會對這個女孩子有什麼不軌？要不然的話，這個女孩子又怎麼會說周宣是個忘恩負義的東西？這種話只有怨婦才說得出來。

到那男子發呆的時候，張蕾趕緊爬起來迅速鑽進車裏面，把車發動急急往後倒過去。那個男子才醒悟過來，拿著張蕾的手槍追過來，一邊揮舞著手槍，一邊說道：「槍，你的槍！」

張蕾哪敢再停下，踩著油門飛一般向社區外駛去。這個時候，她想的是趕緊調派人手過來。不過又想了想，這事情還搞不清楚，因爲周宣進去的時候，並不像是被脅迫的樣子，如果他與這別墅裏的那個女子真有什麼隱情的話，這也不歸她管啊，這是人家的私事，是他道德上的問題，與自己無關啊。

如果扯得上有關的話，那就是那個保鏢模樣的人對自己動粗，毀了自己的手機，又搶了自己的手槍，這一點是最重要的，一個員警如果槍丟了，那是極其嚴重的大問題。

張蕾想了想，於是把車開到一個公用電話亭前，因爲不知道傅遠山的電話，所以先把電話打回市局四處，專門打給處長，然後把剛剛發生的事情彙報給他。處長一聽，也有些吃驚，叫她別急著驚動人家，他報告給傅局長，等候通知。

不到五分鐘，電話就回打過來了，張蕾拿起話筒一聽，是傅遠山的聲音：「小張，你說清楚，周宣是在哪個社區？」

張蕾趕緊把社區名字和地點都詳細地告訴傅遠山，傅遠山嚇了一跳，當即說道：「張蕾，你趕緊回來，我可告訴你，千萬別在那兒惹事，手槍的事我知道了，這事我來解決，你馬上回局裏。」

傅遠山說完後，又叮囑了一句：「這是命令！」

周宣進入別墅裏後，並沒有留意外面發生的事情。客廳裏，魏海洪並不在，廳裏只有老爺子一個人。

幾名保鏢都退出了客廳，在大門外守候，看著老爺子的警衛跟張蕾的動作。

在客廳裏，老爺子擺了擺手，說道：「小周，坐吧，坐下說話。」

周宣點點頭，在老爺子對面的沙發上坐了下來。魏曉晴也默默地坐在離周宣一米來遠的地方。

半年沒見老爺子，他好像老了許多，氣色也不是太好，跟以前剛調理好身體的時候有些不一樣，周宣不禁有些擔心地問道：「老爺子，你……身體還好吧？」

老爺子苦澀地道：「老了，忽然間就感覺這時不由人了。」

周宣不再說話，直接起身抓著老爺子的右手搭在自己手腕上，把異能運起來探測著，這一探測，馬上就弄清楚了原因，老爺子的身體機能已經消耗殆盡，油盡燈枯了。

之前他用異能恢復了老爺子的機能，讓老爺子的機能恢復了十年的時間，九十多歲的人如同七十多歲的樣子，但周宣畢竟不是真正的神仙，老爺子這段時間爲了魏曉雨姐妹和魏海河的政事操了太多心，兩相一夾迫，雖然沒患上絕症，但身體機能已經再次耗盡了。

周宣想也不想就運起異能給老爺子再度恢復身體機能，但是幾遍調理過後，周宣驚訝地發現，老爺子的身體無論再怎麼運用異能恢復，都是那個樣子了。

這讓周宣驚異莫名，趕緊又再探測老爺子的身體，這才發現，老爺子的身體內，各部位的器官都只還有微弱的功能，細胞組織也已經老化到不可恢復的地步了。這時周宣才明白，原來不是他的異能沒有作用，而是老爺子耗費精力太大，身體機能老化了。

看著周宣額頭出汗，神情恍惚的樣子，老爺子淡淡一笑，拍了拍周宣的肩膀，安慰道：

「小周，我知道你的心情，我今年九十八了，過不了百歲，又不是短命，人不能勝天，人生在世，就是生老病死，沒有誰能擺脫，所以你也不用替我傷心，老來能結識你這個小朋友，已經是我一大幸事了，呵呵，坐下吧。」

周宣頹然退回來坐下，一時間心裏空蕩蕩的不知道說什麼好，來到城裏認識老爺子後，說實話，他還真把老爺子當成了自己的一個親人，雖然與魏家鬧了些不愉快的事，但依然無損他與老爺子和洪哥之間的感情。此時，探測到老爺子天年將盡，忽然覺得悲從中來，一顆心便似沒有著落一般，不知道如何是好。

一直以來，周宣就算在最困難的時候，也沒有這種無力的感覺，身上的異能幾得幾失，可從來沒有覺得這樣失落過，除了不能上天摘星星外，他的異能在這個世界中，還真可以說是無所不能，遇到再強勁的對手也都能化險爲夷，從來沒有覺得力不能及。

但現在，周宣就感覺到很無力！他終究不是神仙，沒有回天之力，老爺子的生命，終究是到了最後的時刻。

魏曉晴並不知道是怎麼回事，爺爺可從沒說什麼，但她看到周宣眼圈一下子變得紅紅的樣子時，也感覺到心裏直是跳動。

其實老爺子心裏有數。近一段時間來，他已經感覺到力不從心了，很多事他想忘，但忘

了又想，已經遠沒有以前周宣幫他調理身體後那種輕快的感覺了。不過，他沒有跟任何人說，就算是對他的三個兒子，他也沒提起過，只是加緊步子替二兒子魏海河打基礎。現在，他要再不幫忙，以後就再也幫不到他們了。

畢竟，魏海河還屬於少壯派，政績雖然突出，但根基仍淺，就算有他在後面推手，也是不容易打開局面的，所以，在城裏任職一年多的時間裏，魏海河也沒有打開局面，老爺子又自感時日無多，有些著急了。

不過，老爺子在城裏市局的局長調任後，忽然就想到了傅遠山，再想到周宣的能力，也就等不得了，這才跟魏海河商量，把傅遠山提上去，再請周宣出手相助，這樣就間接幫魏海河拿下市局這一席位。

只是沒想到的是，周宣出手相幫，結果成績卻是讓老爺子和魏海河訝異不已，已經遠遠超出了他們的預期：不僅在這麼短的時間就拿下了市局這個位置，而且還一舉拿下了政法委書記這個職位，成績好得讓老爺子父子倆都無法想像。

這一役，可以說讓魏海河一舉奠定牢固的基礎，打開了通往最高峰的大門，再上一層樓，只是時間問題了。

# 第一一三章

# 懷璧其罪

匹夫無罪，懷璧其罪，這話就說明了，
你擁有這個世界上很多人都無法想像的能力時，
你就注定要成為被其他人厭憎和害怕的人。
周宣的朋友都清楚他的為人，
知道他絕不會幹出傷害別人的事，所以才會對他放心。

老爺子欣慰之下，再叮囑了一下魏海河：

「老二，我以前就跟你說過，一定要切記，周宣是我們魏家真正的貴人！無論是什麼情況，你都不能跟周宣有隔閡，不論他與曉晴、曉雨是什麼結果，都不能去逼迫他！周宣是個重情義的孩子，我們魏家以後要是有什麼危險，他是絕對不會拋開你們的！我想，他有多大能力，你這次已經完全領教到了吧，老二，我也不再多說了，我能爲你做到的也就是這樣了。以後就看你自己的了。你大哥性格威嚴，但心胸不如你寬，他的未來，大概也就止於此了；老三是個花花公子，倒是讓我最放心的，不在政治圈，我不憂心，在政治圈內，越是走得高，栽得就越是重，你要切記切記！」

但老爺子還是沒有跟魏海河說明自己身體的情況，在這個時候，他還不想擾亂魏海河的心神，讓他專心應對眼前的局勢更好，現在的形勢還不容他分心。

然後，老爺子又請周宣過來一敘，也就有了剛才這一段情形。

老爺子看了看魏曉晴，微微笑了笑，又說道：「周宣，咱們不說這個，看你這段日子過得挺開心，我倒是想問問你，有沒有想在體制內發展？」

說實話，政治圈裏的凶險，不是常人能想像的，老爺子其實並不想讓周宣進入這個圈子中，不過周宣這次做個小小的員警便大放異彩，可以想像得到，如果他真的踏進這個圈子中，那以後的成就是不可想像的。

周宣怔了怔，沒料到老爺子在這個時候竟然會問這麼一個問題，確實是沒想到，他一下子也沒想到怎麼回答。

老爺子嘆了口氣，然後又說道：「你要是進了這個圈子呢，我又覺得不忍心，從此就沒有輕鬆日子過了，可要不進呢，我又覺得太委屈你了，你天生就是官場中人，不入仕途，實在是可惜可嘆啊！」

停了停，老爺子又說道：「只要你願意入仕，有老二在背後推手，有老李的關係網，再加上你自己的能力，我可以想像到，只要五年，最多五年，你就能做到廳級，十年的光景，你就可以做到部委級……」

周宣沉默了一陣，嘆息了一聲，回答道：「老爺子，我不想入仕，不想進入這個圈子。」

老爺子並不意外，淡淡笑道：

「我知道你會這麼回答，我一點都不意外。其實這才是你最難能可貴的地方。我家呢，老二是最有前途的，但我看來，老二不如你遠甚。」

周宣苦笑了笑，搖搖頭道：「老爺子，那是您看高我了。我只是一個不知上進又懶散的一個人，複雜的事我都不願意去想，只想平平淡淡過一生，有夠用的錢，跟喜歡的人在一起，讓家人過得開心，這就是我最大的夢想。」

想了想，周宣又說道：「還有一點，老爺子請放心，如果魏李兩家有什麼需要我出力幫忙的地方，我一定全力出手，沒有二話！」

老爺子欣慰地一笑，周宣這話讓他徹底安心了，擺擺手，對魏曉晴說道：「曉晴，你到樓上坐一會兒，爺爺有點事想跟周宣談一談。」

魏曉晴一怔，爺爺怎麼會要她避開呢？他跟周宣說的事，難道還不能讓自己聽見嗎？不過想是這樣想，魏曉晴還是柔順地起身上樓了。爺爺是最疼她的人，從小就是，比父母親還要疼她，在她最痛苦的時候，她最先想到的也是爺爺，所以她從來都沒有忤逆過爺爺的話。

等到魏曉晴上樓後，老爺子看著她消失的背影，神情怔忡，良久才說道：「小周，我能求你最後幫我一件事嗎？」

周宣吃了一驚，老爺子可從來沒用這樣的語氣跟他說過話，這讓他有些不習慣，趕緊回答道：「老爺子，只要我能辦到的，我會儘量辦到，您請說吧，別說求不求的。」

老爺子悵然道：「我們魏家的事，不用我說，你幫得到的也會幫。我要求你的，不是兒子的政事，而是曉晴、曉雨這兩個丫頭。別人不知道，我怎麼能不知道？這兩個丫頭都是認定了死理不回頭，至死都會走這條路的人，所以我求你，以後就算不能給我兩個孫女什麼承諾，但請你善待她們！」

周宣呆了起來，老爺子說的，恰恰是他最爲難的事。魏家姐妹吧，無論怎麼樣，他也不會去特意傷害或者惡行相對，善待的話自然不用說。

「小周，我知道，在曉雨和傅盈之間，我們魏家是有對不起你的地方，這是魏家欠你的，只是兒女的事，我也沒有多話可說，我要說的是，這件事我想了很久還是不要瞞著你，曉雨她現在已經是五個多月的身孕了。」

老爺子面色沉重，又無可奈何地說著，「曉雨跟我說了，她無意給你壓力，也不想去逼你，但這個孩子，她一定會生下來，她會自己把他撫養長大。我現在告訴你這件事，也是給你一個交代，我們魏家上上下下都不會拿這個來逼你，你明白嗎？」

周宣愣了起來，魏曉雨有身孕的事他不是不知道，但就是不願意去想這件事，心裏也在抵觸這個問題，只要略一想到，馬上便轉了思緒，事實終歸是事實，老爺子現在說出來，他也明白他們的意思。魏家現在就是告訴他，不會拿這個孩子來做籌碼，所以周宣不用擔心魏曉雨會來破壞他的家庭。

周宣呆了一陣，老爺子卻不再提別的，又說了另一件事：

「小周，還有一件事我想問你，你覺得我還有多久的時間？」

周宣又是一愣，遲疑了一下，瞧見老爺子一臉平靜的樣子，心想，千軍萬馬都過來過的人，又哪裡會過不了這道關卡？於是便說道：

「老爺子，您現在的身體機能極其微弱，精力消耗殆盡，您現在的機能，就跟一條即將穿洞的口袋一樣，多過一天，穿破的可能性就更大一些，而且是不可恢復的。我是將您的身體機能恢復了，可按我現在恢復的狀況來看，最多……最多……」

沉吟了一下，這句話到底還是梗在了喉中說不出來。

老爺子卻是笑笑道：「說吧，這對於我來說根本不算是噩耗，呵呵，人從一生下來，其實就是離死越走越近的！」

周宣低沉地道：「老爺子，我用異能盡力恢復過，但效用極其微小，從現在的情勢估計，您最多只有半年的時間了！」

老爺子嘿嘿一笑，沉默了一陣然後才說道：「比我預期的還要好，我以為我只有一個月好活呢，還有半年……有半年……半年好啊，對我來說，這是多麼長的日子啊！」

周宣有些奇怪，老爺子怎麼還會說半年是長日子呢？不過，這時候也不想去追問他，默默相對望了一陣，周宣的手機響了，看了一下，是傅遠山的來電。

手機一接通，傅遠山的聲音就傳進了耳朵裏：

「老弟，你在哪兒？是在老爺子家嗎？張蕾彙報給我，說是她跟著你到了社區後，給一個陌生男子搶了手槍，你知道嗎？」

周宣一怔，問道：「什麼？手槍被搶了？」

傅遠山這才把張蕾的話說了，周宣一聽就明白了，當即回答道：「我知道了，大哥，這事你不用管，我把張蕾的槍拿回來就是了。我現在三哥家裏，正跟老爺子聊天呢，你放心。」

掛了電話，周宣把手機揣進衣袋後，對老爺子把這事說了。老爺子按了按桌子邊上的一個按鈕，那名警衛立即就進來了，在老爺子面前行著軍禮說道：「老領導，請指示。」

「沒事，把人家小姑娘的槍還給小周吧。」老爺子隨和地吩咐著，警衛做的是他該做的事，他當然不會責罰他，只是吩咐他把槍遞給周宣。

周宣接了手槍，沉甸甸的又沒個地方放。他這個員警是假的，從來都沒做過員警該做的訓練，身上自然也沒有槍袋，接了槍也不知道往哪裡放，衣服口袋以及褲袋都不適合，現在是熱天，穿的短袖薄褲，揣條槍在口袋裏自然大顯原形。

老爺子又一揮手，讓警衛給周宣拿了一個公事包，讓他用公事包把手槍裝好。

周宣把公事包夾在胳膊下，然後起身對老爺子說道：「老爺子，我回市局把槍還了，您多休息，我明天再過來給您加強一次。」

「不用了。」老爺子微微搖頭道，「你今天已經加強過了。如你所說，既然沒有什麼效用，再多做也是一樣，省得你多跑。如果你要來，那就一個星期來一次，跟我聊聊天就好了。」

周宣心中隱隱抽痛，有什麼比看到親人好友要離開這個世界，而自己卻偏偏無力救助，更讓自己痛苦的呢？

偏偏周宣的異能就是能探測到老爺子的身體機能還能維持的極限時間，就跟測古董一樣，他能測到古董的年份和真假。雖然周宣並不能探測到他探測的人能活到多久，但異能探測下，他的身體能維持多久卻是清楚的。比如以前吧，他給老爺子和老李恢復機能後就能感覺到，老爺子和老李的身體機能至少還能維持十年以上。

但現在才一年，老爺子的身體機能就提前消耗得差不多了，這讓周宣又懷疑起自己的探測準確度來。

其實，周宣也走入了一個誤區，老爺子身體機能提前消耗掉，這就跟一件電子產品一樣，比如一台電視機，新生產出來的時候，大約壽命是二十萬個小時，等於是二十年的壽命吧，如果一旦賣出使用後，相繼的就會有許多的情況發生：比如電流損耗、零件固障，一經維修又會有損耗，實際上到最後，這台電視機的最終壽命也許只有十萬個小時，大概也就是這個情形。

而老爺子就是這樣，因爲操勞過度，替魏海河和兩個孫女操心等等，都會消耗他的大量精力。本來按照周宣的想法，只要他什麼事都不管，開開心心過日子，那應該是可以活到十年的，可是人的命運，永遠都是一個未知數，誰都無法準確預測的。

周宣心中悲愴，老爺子自己卻是一臉坦然，想說什麼安慰的話，也覺得說不出來，任誰都不會坦然面對自己活不了多久的事實吧？

不過，老爺子確實是很釋懷的樣子。死，他並不怕，只是想在死之前把兒孫的事能安排就安排，等到他閉眼後，就算想也沒辦法了。

周宣又探測了一下樓上，魏曉晴在房間中坐著發呆，不用想也知道她是在想什麼。周宣沒有勇氣再面對她，對老爺子沉沉地道：「老爺子，我先走了，您多休息。」

除了讓老爺子多休息外，他還能有什麼別的話說？

老爺子笑笑點頭，然後輕輕擺了擺手，其實他又哪裡有時間多多休息？在這最後的時刻中，他恨不得把時間一分爲三來使用。

周宣沒有讓阿德等人開車相送，而是自己乘了計程車趕往市局。本來他是向四處處長請了假，今天早退了就不再回去的，但現在因爲要還張蕾的手槍，所以必須回局裏去。一個員警丟了槍，那可是個大事件，所以張蕾也不敢隱瞞。

但傅遠山知道情況後，立即把張蕾召了回去，怕她再撞禍。好在老爺子這邊也算得是自己人，不會怪罪他。

周宣回到四處辦公室後，張蕾還氣呼呼的。當然，她也得到傅遠山的叮囑，不能把這件

事說出來，更不讓局裏派援手過去，顯然是想就此撒手不管的樣子，一時間，她哪裡能夠平息下來？

只是辦公室的同事自然是不知道這件事的，周宣進辦公室後，幾位女職員都笑吟吟地打著招呼。

周宣走到張蕾的前面，把公事包遞給了張蕾，然後坐到自己座位面前，嘿嘿笑著。

張蕾沒好氣地哼了一聲，今天周宣的舉動太令她失望了，這也讓她有了一個新的結論：男人都是花心的，吃著碗裏的還要看著鍋裏的，男人就沒有一個是靠得住的。

她氣惱地把公事包打開，第一眼看到包裏的手槍時，頓時呆了一下，然後又趕緊四下裏瞧了瞧幾個同事，不過還好，此時沒有人注意她。

張蕾拿著公事包，把手伸到包裏面翻動手槍，檢查了一下手槍上的編號，這槍果然是她的。

想了想，張蕾還是生氣起來。周宣雖然把她的手槍給找了回來，但這事的起因卻是因爲他，他根本就脫不了干係。再加上傅遠山訓斥了她一頓，嚴厲地讓她不准再跟蹤周宣，以及到這個社區中的這戶人家中監控以及鬧事。

傅遠山不跟她解釋這件事，似乎是不想讓她知道這裏面的內情。張蕾氣惱了一陣後，禁不住內心的好奇，當即壓低了聲音問道：

「這到底是怎麼回事？你那……那個……是什麼人？」

雖然有些氣憤，但張蕾最終還是把「情人二奶」等字眼忍了回去，那個保鏢模樣的人實在是讓她又氣又惱，但作為一個刑警，張蕾起碼的判斷能力還是有的，那個男子顯然不是普通人，一般的練家子，練過武術的，張蕾也接觸過不少，或許比她強一些，但絕不會強得如此離譜，在那個人的手底下，她簡直就跟一個三歲小孩面對大人一般，根本就沒有一丁點反抗的餘地。

周宣尷尬地笑了笑，這事他當然是沒有什麼好說的，如果夠聰明的話，她自己就應該想得到，這家人不是簡單的人，不應該去碰的。

但張蕾偏偏沒有往那上面想，她想的是，那個男子如此囂張，背後依仗的肯定就是周宣！

現在，張蕾心裏對周宣的印象已經升級了，在她看來，周宣是有神秘身分的人，再想來，說不定周宣就是靠傅盈的吧？她見過傅盈，兩人又聊過那麼久，傅盈身上有一股高貴氣質，絕不是在貧困生活中長大的女孩子，照那樣看來，說不定就是周宣依附著傅盈娘家的權勢而囂張的。

「嘿嘿，張蕾，我看你還是不要問的好。」周宣笑了笑解釋了一下。

「切，別為你個人的骯髒私欲解釋了好不好？」張蕾聽了周宣的話，再也忍不住了，氣

哼哼便說了出來，「傅小姐對你那麼好，又那麼漂亮，你還有什麼不滿足的？還要在外面拈花惹草……」

周宣怔了怔，好一陣子才想明白，原來張蕾想的是另外的念頭了，與自己想的根本就不是一個意思。

遲疑了一下，周宣才回答道：「張蕾，我想你弄錯了，我去那裏，不是你想像中的情況，根本就不是爲了男女私情，再者，這些人你是碰不得的，最好避開。手槍我已經幫你拿回來了，這件事，你就忘記了吧。」

「狡辯！」張蕾哼了哼道，「什麼碰不得碰得的？不就是怕你那點事暴露出來嗎？」

周宣嘿嘿一笑，不想再說什麼，起身準備回去。這時，傅遠山的電話打過來了。

這陣子，傅遠山忙他的事，連一點空閒的時間都沒有，而周宣又再找不出有影像殘留的案子來，所以倒也是完全在閒著，這讓張蕾開始覺得，周宣就是個不負責的員警。

這段時間，周宣和傅遠山之間很少聚在一起談話，今天忽然打電話給他，多半是張蕾的事吧，不過談談也好，讓傅遠山說，可比自己說有力得多，自己說，張蕾好像不怎麼買賬。

到傅遠山辦公室後，周宣一進門就覺得有些不對勁。傅遠山的表情不是很輕鬆的樣子，如果只是說張蕾的事，那絕不會是這種表情。

周宣把門關上後，走到傅遠山辦公桌邊，問道：「大哥，有什麼事嗎？」

傅遠山拿了一疊文件遞給周宣，周宣接過來看了看，前面幾張是英文的，看不懂，不過有幾個彩色的人頭相片，是外國人，翻了幾下資料後，後面幾張是中文，就能看懂了。

從資料上看，這幾個外國人都是從一些很混亂的小國家來的。周宣對世界上的小國家都不甚瞭解，但這幾個國家倒不是很陌生，電視上經常看到他們戰亂的消息。

這三個人就是從這幾個國家來的，看似是毫無聯繫，但資料上卻說明，這幾個人與國際上一個最神秘的殺手組織有關。

一看到這個，周宣猛然吃了一驚。

到這時，他才忽然記起了屠手這個組織來，這幾個人，不會與屠手有關吧？

怔了怔後，周宣才問道：「大哥，你給我這些檔案是什麼意思？」

「不是要給你，是國安局的特勤部發給我們的通知，說是國際上最神秘的殺手組織，此次大規模進入了國內。目前恐怖組織很猖獗，造成的影響非常嚴重。但對於我國來說，這種情勢還很少見。國安局發來文件主要是有兩個目的，希望我們警方也幫忙注意，國安局的人手不夠，需要警方的協助。所以我想來想去，跟老弟說一下，看看老弟你是什麼看法？」

原來傅遠山不太清楚這件事，只是想讓自己用異能協助一下。

周宣卻害怕起來。屠手的無孔不入他是十分清楚的，對付自己倒不害怕，但他怕這些殺手會對付自己的家人，那他可防範不了。而且，這裡不像在國外，在城裏，自己所有親人都

在身邊，要是這些殺手真的是為自己的家人而來，自己又該如何面對？

而且國安局的檔案也說得清楚，這些外國人來，是以正當的遊客身分入境的，沒有確切證據的話，不能動他們，因為人家有國際身分。

周宣心裏確實緊張起來，沉吟了一下說道：「大哥，這事我答應你，目前要怎麼行動？」

傅遠山點點頭，有些猶豫地道：「你答應是好事，但又有些不方便的事，目前，這幾個人中，有三個分別租住了宏城花園的房子，與你家很近……」

「什麼？」周宣心裏一跳，猛然問道，「他們住進了宏城花園？」

這一下，周宣倒真是有百分之九十九的把握確定這些人的身分就是屠手中的殺手了。看來屠手組織恢復了正常的運行功能，只是不知道，屠手如果進入國內來報復自己的話，會來多少人？會有什麼樣的能力？

「已經確認有三個人住進了宏城花園的豪華套房，其中兩個人是電腦工程師。從入境的簽證上提到，他們來國內是想得到一份更好更理想的工作，而另外一個人是自由遊客身分，在城裏會有半個月左右的停留時間。」

傅遠山又解釋了一下，然後又說道：「目前國安方面只得知這幾個人的可疑身分，還有沒有別的潛伏者，這還沒有證實，如果他們來是進行恐怖活動，那我們就更不能驚動他們，得查到全部的人手後才能動手，否則漏掉一個人都會出大事。」

周宣越發感覺到心驚肉跳，當即對傅遠山把他在摩洛哥和英倫時與屠手的交惡事件說了出來，傅遠山聽得眉毛都豎了起來，別人說這些事，他還不相信，但周宣說的，他卻是百分之百相信，而且還有跟他一樣有能力的殺手出現，這就說明事情的嚴重性了。

因爲周宣的能力，傅遠山到了他以前都不敢想像的高度，甚至魏海河都達到了目的，這些都源於周宣奇特的能力。想想看，在這個世界上，竟然還有其他人也擁有這種奇特能力，那就是最令人擔心的事了。

匹夫無罪，懷璧其罪，這話就說明了，你擁有這個世界上很多人都無法想像的能力時，你就注定要成爲被其他人分化、厭憎和害怕的人。周宣的朋友都清楚他的爲人，知道他絕不會幹出傷害別人的事，所以才會對他放心。

但一個殺手組織中也有人會這樣奇特的能力，那就是一件非常令人恐懼的事情了。

周宣想了想，又對傅遠山說道：

「大哥，你安排人手監視的時候，要特別注意這些人，看他們有沒有槍枝，這很重要！因爲這個組織最重要的一個能力，就是將子彈能量化，之後，這種能量化的子彈就可以擁有十倍於之前射擊距離的超強穿透力。在摩國時，我已經見識過了，不過從他們的子彈中，我也悟到了一些法子。子彈我也能做得出來，只是那些擁有能量的殺手我卻很忌憚，不知道他

們會出現在什麼地方。而且從已知的資料中得知，屠手組織中最強的一個就是他們的首腦，我最擔心的是這個人，只怕我也不是他的對手。從現在的形勢來評估，他對我十分了解，而我們對他卻完全不瞭解，他長什麼樣子，是什麼國家的人，是男是女，是老是少，我們一點都不知道。」

傅遠山表情嚴峻地考慮著，隨後就打電話通知了刑偵一、二、三處和刑警中隊、特警隊，調集人手，怎麼布控，怎麼監視，那還得召開一個緊急會議來決定。

周宣當即起身說道：「大哥，那你安排，我先回去，隨時聯繫。」

傅遠山點點頭，叮囑他一定要小心，有什麼事或者發現了什麼，一定要通知他。周宣答應了才出門。

周宣下樓就直接出市局，沒有回四處辦公室。要是回去露一下面，搞不好張蕾又要跟著他。這件事可不同以前的事，以前那些事完全在他的控制之下，沒有半分危險，但現在的情況就大不一樣了，就是他也沒有半分把握，能對付屠手中的人。

屠手中的普通殺手，用了異能子彈的話，殺傷力也是相當強的，而且可以距離數千米，在這麼遠的距離中下手，又是在這樣一個大都市中，那是不可能有那麼多人手來監控的。

如果說屠手組織中的殺手只來了三個，那麼周宣就可以聯同傅遠山硬下手抓捕了，就算對方有異能，那也不是不能一戰，畢竟異能在強大的國家機器面前，也還是顯得單薄了些。

就比如周宣自己，在之前的環境中，沒有哪一個人是他的對手，但如果某個國家或者強大的組織來對付他的話，只要人多，周宣的能力也是會損耗的，在能力損耗到無以爲繼的時候，他還能怎麼樣？

再說了，周宣也不是有異能就可以對付任何武器。就算是最普通的子彈，他也不可能防得了十個八個的，以前又不是沒有經歷過，高速子彈，他最多能轉化吞噬兩顆，即使後來能力大增了，普通的子彈他最多可以吞噬七八顆吧，但是連續射擊的話，他就不可能擋得住了。

如果用異能子彈的話，兩顆就能把周宣造成致命傷。

周宣在市局大門外攔了輛計程車就急急回去，而傅遠山同時也先安排了十來個經驗豐富的老刑警，穿了便衣到宏城花園佈控監視。

# 第一一四章

# 驚天動地

周宣擁有異能遠超常人，
已感覺到身後大門處一股驚天動地的壓力正壓過來。
這種壓力極為熟悉，一剎那間周宣就明白了，
從大門處逼進來的壓力是之前在國外對敵過的那個野獸一般的異能人。

周宣急匆匆趕回宏城花園。到了之候，把異能運出來四下裏探測著，不過沒有任何可疑的人在他的探測範圍裏。

周宣當然不會因此就認為他家就不處在危險中。他的異能探測只有兩百米的範圍，而對方，就不說有異能首腦等人了，就是那些普通殺手，他們使用遠距離高精度的狙擊步槍時，那槍上的瞄準儀器也是可以觀測到數千米以外的景物的，而且精準度還很高，這才是周宣最害怕的。

不過以前周宣在有危險的時候，身體會提前一兩秒示警，這已經多次救了他的命，現在倒是完全沒有那種危險的感覺，不知道這是沒有危險呢，還是對方也是異能人，他的異能預警的能力不能顯示？

不管怎麼想，周宣還是急急往家走。殺手的蹤影雖然沒有探測到，但在他身後兩百米處，倒是探測到幾個人隱秘地在跟蹤他，只是周宣稍一注意，便探測到他們的證件和手槍，這些人都是傅遠山派來的幹警。

周宣雖然說在市局工作了兩三個月，但市局部門人員眾多，周宣很低調，除了在四處辦公室玩樂外，基本上不去別的部門串門子，所以認識他的同事極少，而因為張蕾的原因而得罪的那個中隊長朱傑，也被傅遠山藉故調到分局去了。

周宣急急回到別墅時，大門是關著的，不過人未到時，異能已經探測到屋裏的情形，老媽、傅盈、劉嫂三個人都在客廳裏，阿昌在門外的花園中澆花。

家人暫時沒有意外，周宣總算放了一點心，不過也不敢大意，只是在進門時對阿昌招了招手，說道：「阿昌大哥，進來一下，我有話跟你說。」

阿昌趕緊過來跟著他到屋裏。周宣的樣子有點緊張，阿昌一看見就知道肯定是有事情，所以也不動聲色進了屋。

周宣進了屋後，對幾個人和顏悅色地笑了笑，然後對傅盈和阿昌說道：「盈盈，阿昌大哥，我們到樓上談談有關車子的事。」

周宣隨便找了個藉口，傅盈和阿昌卻是都能聽出來，周宣是有事要說，卻不想讓金秀梅和劉嫂知道。要是這樣的話，那就肯定不是一般的事了，普通事根本就沒必要瞞著她們。

金秀梅自然不以爲意，兒子媳婦和司機說一下關於車的事，很正常，反正她也聽不懂。

傅盈和阿昌跟在周宣後面上了樓。在二樓客廳中坐下後，周宣把所有的窗簾都放了下來，暗中又把整棟別墅的窗戶都用異能異化了一遍，這樣，那些殺手就算用高精度的探測器或者用異能改造過的瞄準儀器，也透視不了。

周宣運起異能把這些準備工作做好之後，才對傅盈和阿昌把他與屠手結下恩怨的事說了一遍。當然，關於他異能方面的情況自然是不提的，傅盈是知道，但阿昌就不知道了。

聽到周宣說完，傅盈和阿昌都吃了一驚，幾個人頓時思考起來。

周宣又說道：「目前警方已經查明，有三個殺手租住了宏城花園的房子，不過沒有武器，再者，我沒有面對過這幾個殺手，也不能確定他們是不是有很強的身手。因為不確定他們總共有多少個殺手到這裏，所以暫時還不能驚動他們，必須得一網能打盡的時候才可以動手，否則，即使動了手，那也會後患無窮。」

阿昌是個真正的特工級別的高手，一聽周宣的話，便立即想到了好幾種應對方法。當然，他並不知道周宣已經用異能堵封了窗戶，那些殺手不可能透視進來。不過，他早提出把所有門窗都用簾子遮起來，這樣的話，那些殺手就看不到房子裏面的情況。

只是阿昌也不知道，那些殺手中擁有在數千米以外就能監控和狙擊的高精度武器，這超出了他想像的範圍，不過，單以經驗和能力來說，他已經是極強的了。

傅盈倒是明白許多，起碼她是知道周宣的能力的，現在聽周宣這樣說，她當然就明白了，屠手組織中的人不簡單，只是她也想不出什麼好辦法，對付這樣的人是極其危險的。

傅盈身手是很強的，可以說並不輸於阿昌，但經驗就差了許多，比不上阿昌這個專業的高官保鏢。所以，阿昌一點也不慌亂地做準備工作，傅盈卻是有些急。國際上那些臭名昭著的殺手組織，那可不是一般人能對付的。

好在這是在國內，對於任何一個組織來說，要想在國內這種大環境之下生存，都不是易事，尤其是黑社會、地下殺手組織這一類型的。

周宣又叮囑了一下，千萬不要讓家裏人知道，這會讓老媽等人更加害怕。上一次的事，周宣還痛在心裏頭，這一次又怎麼捨得讓老媽再次受到這樣的傷害？

再說，這裏不是在國外，屠手儘管擁有不可思議的能力，但在大環境限制下，是不容易展開手腳的，除非他們自己不想活了，一昧硬拼，但這樣的行事方針並不符合他們的風格。

周宣之前還提醒過魏海洪，圖魯克親王到國內是避難來的，不過這麼久的時間了，圖魯克那邊並沒有半點不好的消息傳來，在魏海洪的私家別墅裏過得十分舒服，想必他們暫時還沒有引起屠手的注意。

因爲宏城花園有警方的便衣在埋伏監控著，所以周宣稍稍放心了些，雖然警方的人員不可能有他一般的能力，但勝在人多，對手弱在展不開手腳行事，稍一露形就會被發覺行蹤。

但同時，對手又勝在最可怕的幾個首腦人物在暗處，而周宣這邊，也許是很難做到不被發覺的地步，說到底，其實還是他們在暗處，自己這方在明處。

而周宣最擔心的是，屠手這次來到底是要報復自己呢，還是拿自己的家人親人來要脅？

因爲沒有所需要的工具和武器，所以周宣三個人也沒辦法做更多的準備，周宣也只是先讓傅盈和阿昌知道個底，以免被打個措手不及。

初步協商後，阿昌拿了望遠鏡到樓頂上偵察四方的情況。周宣和傅盈回到客廳陪金秀梅聊天。在偵察這一方面，周宣和傅盈都幫不上什麼忙，這可是要靠經驗的。周宣自不必說，

沒有半分經驗可言，而傅盈也比他好不了多少。

其實那三名有嫌疑的殺手，傅遠山的人和國安局的人早已鎖定監控著。因爲那三個人互無聯繫，各自在不同方向的房子中，而在國安局的監控下，那三個人還沒有機會得到槍枝。據他們估計，武器肯定是從國內以地下管道購買，從國外帶槍是不可能通得過海關的，黑市上也不是買不到，只不過要弄到高精度的就難一些，但現在給國安局和警方全方位監控著，要想拿到武器，難度極高。

陪著金秀梅在客廳裏聊天看電視兩個小時後，阿昌下來了，趁著金秀梅幫劉嫂擺菜時，偷偷地跟周宣說了一下情況。

他通過兩個小時的秘密偵察，發現了一千米內宏城花園社區的其他建築裏，一共有七個人看過他們這棟別墅，不過長時間暗中注意這棟房子的，還真只有三個人，而且都是外國人。不過，這三個人之間的距離各有數百米至上千米之遠。

阿昌不奇怪，如果要做到萬無一失的暗殺狙擊的話，通常會有兩名左右的殺手，這樣比較保險，一方失手還有另一處，而且在危急的時候，暴露的目標還可以牽制對手。

阿昌也觀察到了，這三個人手中目前都沒有武器，這是一個好消息。

周宣點點頭，招呼阿昌過去餐廳吃飯。看來這三個殺手想要得到武器不是一件容易的事。周宣自己也沒有更好的方法，他的異能超出兩百米便失去了效用，而這些殺手離他們的距離，最近的一個也有八百多米，最遠的一個有一千五百米，他如何能探測得到？

這一頓飯如嚼蠟一般，周宣吃完飯就接到了傅遠山的電話。

周宣回到樓上自己的房間中才接通了他的電話。傅遠山那邊的消息說，那三個殺手準備接收槍枝的地下接頭人給秘密截捕了。這是個好消息！只要他們沒有槍，那目前的局勢還不是太危險。畢竟也沒有查到別的危險人物在監控的區域內。

周宣又問了一下圖魯克那邊的情形，傅遠山是得到魏海洪的通知的，警方有派便衣監控，但到目前還都沒有異常發現。

這一天都沒有事情發生，包括國安局和警方方面都沒有什麼進展。

周宣對他們的期望不大，因爲自己和屠手那兩個有異能的大漢交過手，憑他們的異能，除非國安局和警方內也有自己一樣的人才，否則是不可能發現得了他們的行蹤的。

好在自己囑咐過傅遠山，這些人都有一個最大的特點，就是都是外國人，尤其是那個逃走的異能大漢，因爲身材和屬性估計是龐大的獸類一族，比較容易辨認。

傅遠山也根據周宣的資訊，基本上劃分了三大包圍圈，最周邊的圈子是以周宣的別墅爲中心三千米的範圍，第二層是兩千米的圈子，最後的核心是一千米以內的圈子，也最方便監控，因爲這一範圍都在宏城花園以內。

以傳遠山的想法，這事是有極大把握的。不過周宣不這麼認爲，因爲只有他知道，屠手那個沒有露過面的首腦有多麼可怕。

這一天，一直到深夜，各方面都沒有得到更進一步的消息。阿昌因爲一個人不方便，打電話把阿德幾個好友都叫了過來。阿德等人都是他一起的戰友，又都是在魏海洪手下做事，與周宣也認識一年多了，交情還很深，是以阿昌一說，魏海洪當即便命令阿德幾個人帶了儀器、工具過來支援。

阿德一共邀了三個同伴，加上他和阿昌一共就有五個人，分成兩班在周宣別墅的樓頂監控。

這樣一來，一班人有三個，另一班人有兩個，兩個人是阿德和一個同伴。

差不多到深夜了，阿德他們使用的是高精度望遠鏡和夜視儀，周宣睡不著覺，也跑到樓頂上來跟他們一起觀察。

周宣雖然沒有經驗，但到底因爲身有異能，視力和聽力要比阿德他們這些特級警衛還要強幾分，使用那些設備時，看得還比阿德他們還要精準。

一夜無事，那三名有嫌疑的殺手因爲沒有得到武器，可能也估計到出了意外，都沒有出來觀察周宣這棟別墅。

經過一夜緊張之後，大家都有點鬆懈下來。不過周宣卻更加緊張了，如果那些殺手有所行動，他反而不會那麼緊張，因爲那樣就能表明，屠手派來的人手並不是很多，如果還有更隱秘的人手，他們是沒有辦法對付和查得出來的。

屠手的首腦人物，絕不是所有人能想像到的，周宣自己都沒有譜，而且這些還跟警方和國安局無法說清楚，看來，到最危險最困難的時候，周宣還是只能靠自己來解決。

一想到這裏，周宣心中一動，伸手把口袋裏毛峰給的手機拿了出來。這個傢伙說隨時都在監督著自己，不知他現在在哪裡？

雖然說這個傢伙也不可靠，但就目前來說，他反倒是周宣最有力也最用得上的幫手了。毛峰的異能雖然不如自己，但就火隕刀的那一擊之威，可就是自己不及了。

但這個傢伙太陰險，不知道他會不會在這個時刻跟到國內來。如果按他自己的說法，應該是會來，也許此刻就躲在某個地方窺視自己吧。

而且毛峰本是東方黃皮膚的外形，監控的人是不會對他注意的。

到天亮後，周宣犯睏，回房睡覺，傅盈起床陪金秀梅和劉嫂做早餐，周宣又擔心父親弟妹，索性讓他們都請了假在家。

本來按周蒼松和周濤的想法，公司裏哪裡走得了人，不過既然周宣說了話，他們也不反對，在家休息就休息吧，周瑩就更好說了，只有李爲不高興，對這傢伙來說，不上班當然是好事，但周宣說只能待在家裏不准出去，他就極度不爽了。

一家人都在客廳裏，阿德兩個值夜班的人在三樓周宣安排的房間裏睡覺。周宣本來很睏，但到房間裏後又睡不著，於是拿了一本書翻看，只是這一次居然看了十幾分鐘後還沒有一點睡意，而且腦子裏還隱隱生疼。

周宣甩了甩頭，準備起身把窗簾打開，讓陽光照射進來，自己可以吸收些能量，但馬上又想到，屠手的殺手或許正在窺視著自己，要是把窗簾拉開，那不正好給他們當靶子了嗎？

這樣一想，周宣又躺了回去。不過實在睡不著，就起身把保險櫃打開，將九星珠取了出來。一邊閉目養神，一邊運功吸收九星珠裏的能量，十來分鐘後，頭疼的感覺漸漸消失了，也逐漸進入了夢鄉。

只是這一覺睡不到一個小時就被電話鈴聲驚醒了，拿起手機一看，是張蕾的電話，接通了問道：「張蕾，什麼事？」

「你搞什麼啊？平時偷懶也就算了，今天倒是變本加厲了，連班都不來上了，你拿著人民納稅的錢卻不爲人民辦事，老實說，是不是又去跟你那個小三會面了？又或者是小四小五？」

張蕾一開口，也不管三七二十一像連珠炮般地說了一大堆，讓周宣當真是哭笑不得，不過，此時他哪有精神跟她閒扯？也惱怒自己覺都沒睡好就被她吵醒了，不由得斥責道：

「我上不上班，你管得著嗎？告訴你，我今天不上，明天也不上，後天也不上，我不想上就不上，由不得你來管，別再煩我了，我要睡覺了！」

周宣的回答，卻讓張蕾更加惱怒，馬上說道：

「你少拿那些話來搪塞我，肯定是跟哪個女人會面幹壞事了，告訴你，我就在宏城廣場，局裏的同事都跟我說了，在你家附近執勤呢！你出來，要是能從家裏出來見我，那我就相信你沒騙我，要不然，我可是要到你家裏向傅小姐告狀，你跟你的小三相會的事情，我都會告訴她！」

張蕾一邊警告著周宣，一邊得意地笑著。周宣納悶起來，張蕾應該不知道他的地址啊？不過想了想，又覺得有可能，因為傅遠山安排人手來護衛，這件事牽扯到大量的警力，不說也瞞不過去，在警方內部，說出來的可能性會相當大。

周宣哼了哼，然後還是坐起身來穿衣穿鞋，決定出去會一下張蕾，要不然她真會跑到家裏來。她說出來的話，傅盈肯定生氣。

本來這事沒有什麼，但周宣怕傅盈不高興，而張蕾這個二楞子，並不了解自己的情形，卻好像很喜歡替傅盈打抱不平似的，自己拿她也無可奈何，只能出去跟她解釋，把她打發走，省得她到自己家裏來添亂。

客廳裏，一家人正在打紙牌，笑得嘻嘻哈哈的。周宣當即裝作平淡的樣子說道：「爸

媽，盈盈，我去花園裏透透氣，一會兒就回來。」

沒有一個人起疑心。周宣出門後，把大門輕輕帶上，然後快速地向社區外走去。

張蕾沒穿警服，而是穿了一身淺綠色的套裙，紅色的高跟鞋，高挑的身材很惹火，惹得廣場上不少的男人瞄來瞄去。

美女嘛，在哪裡都是焦點，周宣沒注意到張蕾的美麗，在他心裏，想的全是如何把張蕾儘快支走，一點也沒有注意到別的。

看到周宣四處張望的樣子，張蕾招手叫道：「我在這兒呢！半天才出來！不過算你沒撒謊，我相信你沒去跟你的小三約會！」

「什麼小三小四的，說得那麼難聽！」周宣哼哼地說著，一邊又往後面瞧了瞧，家裏人沒有跟出來，這才把張蕾一把拉住，往廣場另一面出口處急步走去。

張蕾一邊甩手，一邊惱道：「你幹嘛？男女授受不親，你能不能對我尊重點？」

不過周宣抓得很緊，張蕾甩都甩不掉。

周宣把她帶到廣場的角落處，然後低聲道：「張蕾，你到底要幹什麼？」

「我打電話給傅小姐了，她讓我來你們家裏玩。嘻嘻，你以為我真的知道你家的地址啊？局裏的同事可沒有人知道！我騙你的！不過是到你家門前，我故意把你叫出來試探一下，看你怕不怕！」

周宣忍不住問道：「張蕾，你去我家玩，這我沒意見，但你可不要瞎說啊。我實話跟你說吧，那天你見到的那個女孩子跟我沒關係，她是高幹子女，我那天去並不是爲她，而是爲她爺爺，我的一個老朋友。把你的槍繳械了的是他的警衛，知道了嗎？」

張蕾嘿嘿冷笑道：「你這話真是好笑啊，拿高幹子女來嚇我？我也實話跟你說吧，我就是高幹子女！怎麼，見過沒有？我看你還是老實一點吧，別做對不起傅小姐的事。我看傅小姐又有氣質，又漂亮，有這樣的妻子，你還不滿足？」

周宣實在是哭笑不得，雙手一攤，說道：

「那你要怎麼樣？」

「不怎麼樣，只要你以後少在我面前撒點謊就行了！今天我就饒過你。好了，你等一下，被你拉到這麼遠的地方來，我過去把我的車開過來。」張蕾說著，指了指廣場外邊的公路邊，一邊說著一邊往那一面走去。

周宣悻悻地盯著她的背影，心裏考慮著等一下到家後，她會不會把那事說出來？答案是否定的，周宣可不敢相信她的話。女人實在是太善變了，不過現在也只能等待結果。

宏城廣場超過五百米，張蕾的背影消失在一叢花台背後，大約過了六七分鐘，周宣才看到張蕾的綠色小車開了過來。

周宣皺起眉來，看樣子，張蕾到自己家裏去的事已成定局了。當然，除非自己用異能把她凍結了拖到市局，扔回辦公室裏。

正煩惱間，張蕾已經把車開到了面前，從車窗邊微微探了頭，然後對周宣說道：

「上車！」

周宣沒辦法，只得拉開車門，然後鑽了進去。車內空間不大，好在周宣身體算是比較瘦的，也不是很高，後排又沒有其他人，周宣坐進去還覺得挺寬鬆的。

上車後，周宣忽然覺得有些古怪，但到底是什麼原因，卻又說不出來，想了想問道：

「張蕾，我怎麼覺得怪怪的，你……要不下次再到我家來吧，今天我家裏有點亂，我看……」

張蕾一邊開車，一邊微微搖了搖頭，沒有說話。

周宣也不再勉強。張蕾要來，肯定是早就準備好要跟傅盈聚一聚吧，自己也沒有要拒絕的意思，就是覺得心裏有種不踏實的感覺，也許是因爲屠手的關係讓他感覺緊張吧。

張蕾把車開到周宣家的別墅門口停下。周宣在前邊推開大門請她進去。等張蕾進去後，周宣就把大門緊緊關上才跟著過去。

傅盈看到張蕾和周宣同時進來後，不禁怔了怔，問道：

「張蕾，你怎麼來了？」

一聽到傅盈這個詫異的話，周宣忽然覺得不妙，猛然扭頭望向張蕾。就在這個時候，他腦子一緊，同時感覺到危險來臨！

周宣擁有異能遠超常人，雖然現在面朝裏方，但已感覺到身後大門處一股驚天動地的壓力正壓過來。這種壓力極爲熟悉，一刹那間周宣就明白了，從大門處逼進來的壓力是之前在國外對敵過的那個野獸一般的異能人。

也就是那個屠手中的異能人，給他的感覺像野獸的那個，那次一共是兩個，其中一個給毛峰的火隕刀殺死，一個重傷逃走，現在幾個月過去了，應該是恢復傷勢了。

周宣在這一刹那間運起異能，把父母弟妹劉嫂以及李爲等六個人都用冰氣異能凍結暈迷過去。這種事，無論如何都不能讓家裏人看到，像老媽金秀梅如果看到這樣的場景，這遠比之前她受到的驚嚇更不能承受。

不過周宣也知道，如果今天他抵抗不了，他們一家人都活不了，所以把家人都凍結暈迷過去更好，如果能避過這場禍事，家人一點也不知道出了這樣不可思議的事，如果避不過，那他就跟家人一起到陰曹地府去吧，就算是死，一家人都在一起，他也沒有什麼好擔心的了。

凍結家人的同時，周宣又運起異能凝結出防護罩，來擋住大門方向逼來的壓力。

此時，門「轟隆」一聲大響，堅實的防盜大鐵門竟然給撞穿了一個兩米直徑的大圓洞來，一團黑影迅如閃電般襲來。

從那個龐大的身形和熟悉的壓力，周宣便知道，這就是那個獸人。毛峰曾經說過，電光石火的剎那碰觸，周宣和那怪物給異能碰撞所產生的爆炸力彈向後方。

兩人各自重重地撞在身後的牆壁上，「喀喇」一聲，牆壁撞出了一個大洞，如同大門上的那個洞。陽光從洞口中透了進來，周宣這一撞受到了極大的內傷，一口鮮血狂噴而出。

周宣雖然受了重傷，但仍然努力鎮定下來，瞧了瞧那個對手的方向，七八米外的牆壁邊，那個猙獰面孔的黑大漢也呼呼地直喘粗氣。這一撞，他受的傷並不比周宣好多少，是一個兩敗俱傷的局面。

周宣覺得有些奇怪，這個獸人跟自己交過手，他要想單獨把自己滅掉是一件難以辦到的事，雖然擁有異能，但卻比周宣的異能要略遜一籌，既然是這樣，他又怎麼會單獨行動？

得趕緊把盈盈和張蕾叫走，這裏的危險只能由他一個人來對付，畢竟這不是普通人能應付的，傅盈雖然身手不凡，但要應付這種有異能的怪獸就沒一點辦法。

周宣趕緊側頭向後望，這一望，不禁大吃一驚！

張蕾一雙手把傅盈抓得死死的，一隻手卡在脖子處，一隻手抓在腰間，而且手指似乎有尖尖長長的指甲，在傅盈脖子的白嫩肌膚下，張蕾的指甲尖已經劃破了皮膚，鮮血流了出來。

周宣驚得魂飛魄散，顫聲道：「張蕾……你……你幹什麼？」一句話說出口後，才發覺有問題，又恍然大悟。

在這個時候，周宣終於想明白，指著張蕾臉色煞白地道：

「你……你不是張蕾！」

在廣場上，張蕾把車開過來後，周宣就一直覺得哪裡不對勁，現在終於知道是為什麼了。那就是開車之前的張蕾還是真的張蕾，但後來從廣場開車過來的張蕾，已經不是張蕾了。

在廣場那邊，距離超過了三百米以外，所以周宣探測不到，並且視線也給阻擋住了，所以看也沒看到，應該就是在那個時候，真的張蕾被假張蕾替換了，難道張蕾還與屠手組織有關係？

周宣又在瞬間否定了這個想法，張蕾不會與屠手有什麼關聯，應該是這個人在廣場外邊襲擊了張蕾，然後開了她的車過來，當時自己太分心於屠手殺手的事，所以對自己身周的事注意度就少了很多，幾乎就沒注意。

當時他就有一種很奇怪的感覺，但卻是怎麼也想不到會是這樣的事。

而且傅盈的身手還不是一般的強，就是阿昌阿德那麼強的身手，也不可能在一瞬間，甚

至是周宣沒有絲毫察覺的情況下就給制服住。

周宣看得清楚，傅盈的手腳並沒有給假張蕾控制住，但傅盈整個身子除了眼珠還能動外，身子其他任何部位都不能動彈，從傅盈的眼神中就能讀出，傅盈的身體受到了某一種能力的控制，這種能力周宣是很清楚的，因爲他自己就擁有這種能力。

周宣立刻運出異能到張蕾的身上，但他的異能只能逼近假張蕾身前一米的地方，根本近不了身，當然也就無法運到傅盈身上。

周宣暗暗吃驚，那個獸人看起來與他不相上下，但周宣卻明白，自己是能贏過那個獸人的。最重要的一點原因就是，周宣在異能損耗的情況下，只要能接觸到太陽光，就能夠迅速恢復能量，然後再殺個對手措手不及。

此時，周宣身體裏的異能與獸人全力一擊之下，損耗達到九成，只剩下一成的能量，自然就無法與假張蕾對抗。好在那個危險的獸人比周宣損耗得更嚴重，一時間無法再對周宣行動。

周宣呼呼地喘了幾口氣，盯著假張蕾問道：

「你……究竟是誰？」

假張蕾眼光射向周宣，落在他臉上，也不知是微笑還是冷笑，好一陣子才說道：

「就是你，毀了我屠手一門？」

他說的是標準的中文，周宣做夢也想不到，這個世界上最出名的殺手組織中的首腦，竟然會是東方人?!

瞧這個樣子，應該與中國是有關聯的，而且周宣也可以肯定，這個假張蕾，絕對是個有異能的人，而且比自己只高不低。

對於假張蕾的問話，周宣也不知道應該怎麼回答，但是說實話，之前屠手中那些殺手的毀滅與他是脫不了干係的，不是直接給他殺掉的，就是間接給他用異能控制，假他人之手幹掉的，還有一個獸人，最後出人意料地給毛峰撿了個便宜殺掉了。但周宣不敢當場承認，怕他的話引起假張蕾的憤怒，而對傅盈下殺手。

假張蕾淡淡地又說道：「你很了不起啊，你是我見到過的這個星球上，第一個真正擁有超常異能的一個地球人，而且異能分子很奇怪……」

說到這裏，假張蕾偏了頭似乎在尋思著，過了一會兒才道：

「你的異能分子很奇特，連我都弄不明白，你是怎麼擁有異能的？」

周宣怔了怔，然後指著她抓著的傅盈，說道：「你……你放開她，我再說。」

假張蕾嘿嘿一笑，說道：「放開就放開，其實你也應該明白，對於你我這樣的人來說，放開與不放開沒有什麼區別。如果我要對付她，抓在手中與扔在一百米外，還不是一樣？」

周宣心下更是吃驚，這個假張蕾果然不簡單，這時候明白為什麼那個獸人會襲擊他——

只有有同夥的情況，他才會攻擊自己，否則僅靠他一個人是無法對付自己的。

心裏又驚又疑，周宣考慮著這個假張蕾會不會就是屠手組織中的那個首腦？

只是，她怎麼會與張蕾長得這般相像？周宣仔細觀察了假張蕾的相貌和身體，以及臉上的皮膚和眼神，這些都不可能做得了假，更不可能用化妝就可以假扮的，在目前的科技水準下，人憑藉化妝術和高科技，都無法完全做到與另一個人一模一樣，除非是雙胞胎，不過，果真是張蕾的孿生姐妹的話，她怎麼會去做殺手呢？

再說，這個假張蕾相貌雖然跟張蕾一模一樣，但說話的語氣卻一點也不像是中國人。而且，這個張蕾是有異能並且懂異能的，她說的那些話，只有周宣才能明白。周宣也有一樣的能力，在兩百米以內，周宣可以控制一個普通人的生死，到現在，他不能控制的就是不屬於地球上的物體和能量體。

難道這個假張蕾不是地球上的人？

# 第一一五章

# 笑裏藏刀

那怪物當即意識到周宣笑裏藏刀，騙了它，
於是怒極而發，一腔能量形成一個大屏障，
阻擋住周宣的太陽烈焰，
不過因為周宣的太陽烈焰是它的剋星，
還是被周宣突然襲擊中，結果吃了一個虧。

周宣呆了呆，那個假張蕾又說道：

「獸人的消息說，你的異能很詭異，在損耗盡的時候，卻能忽然又有龐大的能量，這就是你隱藏能量的秘密？」

「你的能力很強，能同時分化出來，比我的獸人還強！」

假張蕾淡淡笑著，手指尖在自己的髮際輕輕掠過，一邊捋眉一邊說道：「不過，你此刻的能量耗盡了。我探測過你的身體，你身體中殘留的能量不過一成，就算你完好的時候也不是我的對手，依你現在的殘存能量，又如何是我的敵手？」

周宣喘著氣，一邊掙扎著往前邊爬動，一邊費力地問道：「你……你究竟是誰？張蕾呢？」

「你說的是我現在這個身體嗎？」假張蕾笑笑道：「你放心，她好好地躺在後車箱裏，不過，你擔心又有什麼用呢？你馬上就要變成死人了。」

周宣爬了幾步，想爬到破洞中射進來的陽光下，但似乎已經沒力氣了，便伏在那兒大口大口喘氣，連回答的話也說不出來。

假張蕾倒也沒急著一下子就把周宣幹掉，此時的周宣已經沒有半點反抗的力氣，幾乎成了她的囊中物，早死一會兒遲死一會兒，都不是太要緊的事。

「我有個問題還想問你一下。」假張蕾盯著周宣問道，「你怎麼獲得這身能量的？你這個能量分子很複雜，似乎有好幾種不同類型的能量存在，卻又偏偏互不抵觸，你怎麼能將它們融合在一起的？」

周宣裝作無力地趴在地上，全身極力地吸收著太陽光能量，然後悄悄積存到左手腕裏的丹丸中，只等假張蕾最鬆懈的時候，就給她猛烈一擊。

假張蕾因爲獸人彙報過，所以對周宣心存忌憚，不過現在經她親自檢測，最終確定周宣在與獸人激烈對碰後，能量損耗嚴重，不足平時一成，所以她完全不用防備，在將要把周宣毀滅之前，她還想從周宣身上探出一些異能的秘密來。

周宣掙扎了一下，露出渾身無力的狀態，然後說道：「我也不清楚，反正就是得到一件奇怪的鼎之後，就融合了這個鼎裏珠子的能量。」

假張蕾一驚，皮膚在一瞬間如有一層波浪般，從頭頂一圈圈瀰漫開來，波浪掠過的地方就變化成了另一個膚色。

在周宣驚訝之極的情況下，假張蕾變成了一個身材矮小、大頭短身子的怪人，兩個眼睛極大，嘴卻是很小。

這是什麼東西？

周宣驚訝之下，卻聽見那怪物說道：

「沒什麼好驚訝的，我不是你們地球上的生物，但是我可以幻化成爲你們地球生物的任

何一種形態，也就是說，我可以變化成你們之中任何一個人。」

說到這裏，它又問道：「你所說的那個鼎，是不是有九條小龍紋，鼎裏有九顆珠子的形狀？」

周宣眼睛瞇了瞇，這個怪物看來是真的知道有九龍鼎，難道九龍鼎是它們星球的科技產物？

想了想，周宣緩緩點了點頭，說道：「是這個鼎，是你們創造出來的麼？」

那怪物神態恍惚了一下，然後才說道：

「這個鼎，是距我們星球六十萬光年的炎火星人所創造的。在域外星系，能量是唯一能讓我們生存下來的東西，而炎火星人發明的這個鼎，除了可以穿梭時光外，還有更大的作用，那就是能吸收任何恒星的能量，然後進行宇宙跨時間跨地域的旅行。這個鼎的出現，讓宇宙旅行變成了真正可行的一件事，所以星際間的各種勢力便來掠奪這件武器。大戰之下，炎火星人在滅絕的那一剎那，用一艘飛船攜帶著這個絕世武器破空消失了。

我們星系的人在能量耗盡後，也各自往外星域逃生。到你們這個星球時，我們的飛船已經航行了三百多年。當然，那是用你們的時間計算的，飛船上一共有七個同伴，不過旅行中死了四個，到地球上時只剩下了三個。數百年下來，我們一直在尋找著可以延續我們能量的物質，但都沒有能夠找到替代品，而且我的另兩個同伴也相繼因能量耗盡而死去，現在，只剩下我一人了。如果再沒有後續能量的話，我的生命也將耗盡，但現在聽到你說，這九龍鼎居然在地球現身……」

那怪物沉吟著又說道：「如果你能把它交給我的話，我可以拿我們星球的高科技來跟你交換，這可以讓你成爲這個星球上最富有或者是最有權力的一個人，你看怎麼樣？」

周宣終於明白，爲什麼這個怪物遲遲不肯殺死自己了，因爲它是想從自己身上得到九龍鼎和九星珠的消息。

但周宣絲毫不會動心，它的外星高科技再強大，自己也沒有想得到的想法，更從沒有要統治這個星球的野心。要說富裕，自己掙的錢現在已經足夠用了，再說了，這個怪物說話的誠信度就不值得相信。

那怪物見周宣沉吟著，又說道：

「我們星球的高科技之強大，不是你能想像的，所以如果你跟我交換的話，好處也是無法想像的。再說，我的能量已經不足百分之一，你想想，就算我這百分之一的能量，你也不是我的對手，如果你跟我交換的話，我就可以利用九星珠的能量讓你的能力提升十倍以上，這個好處，夠大了吧？」

周宣不禁笑了起來，這怪物要不是這樣說的話，他還猶豫，但那怪物這樣一說，他連猶豫都不猶豫了。通常一件稀世寶物絕對會引起各方追逐，這在電影電視中見得不少了，比如

那些武俠電視中，一件絕頂的武器或者是武功秘笈，會讓武林中人爲之瘋狂搶奪，要是給誰得到了，就會有無數人來誘騙、硬搶，無論話說得怎麼好，最後得到後，都會對同夥痛下殺手，這一點，周宣一點都不會懷疑。

估計現在這個怪物是能量不足了，要是它真把九星珠得到手了，恐怕這個地球都會成爲它的掌控物。

「怎麼樣？只要你跟我交換，我就會給你無數的好處，甚至可以讓你解脫身體的束縛，讓壽命大大提升，至少可以活上數千年之久。」

看到周宣的表情，怪物以爲周宣動心了，也越發地說出讓周宣會動心的條件來。這樣的事，它在地球上做過無數次了，它還沒有遇見一個能抵擋這種誘惑的人，周宣，想必自然也不會例外。

怪物詭異地笑著，把自己手腕上一個像手錶一般的東西取下來，然後遞給周宣說道：

「爲了表示我的誠意，我先送你一件小禮物，這是個小工具，你戴在手腕上後，它可以自動調節你的思維和聲帶，並與跟你交談的人調整波段，之後，你和對方說的話，就可以自動調整到一個語系，比如我現在說的話，你能聽懂，我也能聽懂，就是因爲這個小工具。也就是說，你戴上它以後，也可以跟你們星球上的任何語系交談，甚至是……」

那怪物說到這裏，又笑笑道：「甚至是動物，你都可以與牠們交談！不過，你跟其中一個物種交談的時候，另外的物種是聽不懂的。」

周宣顫抖著伸出手說道：「好，我跟你交換……」說著，便接過那個小手錶一樣的工具，戴到自己手腕上。

那怪物呵呵笑著，又說道：「這樣就對了。合作的話，對你我都只有好處沒有壞處……」周宣順從的動作讓它以爲周宣已經心動了，所以心思也鬆懈下來。

但也就在這個時候，周宣身體中忽然迸發出驚天的能量，鋪天蓋地地把怪物包圍起來，而且是溫度極高如同恆星一般的高溫能量。

那怪物當即意識到周宣笑裏藏刀，騙了它，於是怒極而發，一腔能量形成一個大屏障，阻擋住周宣的太陽烈焰，不過因爲周宣的太陽烈焰是它的剋星，還是被周宣突然襲擊中，結果吃了一個虧。

它的能力雖然比周宣要強，但吃虧之下，還是有些手忙腳亂的，而且又想到周宣還有九星珠，不敢現在就用殺手把周宣毀掉。

不過，這怪物確實沒有想到，今天會在周宣口中得到九龍鼎的消息，實在太巧了。

周宣把這些事說出來後，怪物覺得他不像是在說假話，而且這時候從周宣的能量上也可以測出來，周宣所使用的能力就是九龍鼎吸收轉化的太陽烈焰。

數百年前，它的族人攻打炎火星時，就曾嘗到過那種能量的滋味。

投鼠忌器之下，那怪物不敢盡全力，周宣與獸人全力一搏，互相都損耗嚴重而又受了重傷，但與這怪物卻是相反，怪物比那獸人要強太多，但就是吃虧在不敢盡全力，不敢把周宣傷到，以免得不到它做夢都想得到的九星珠，因為，一旦斷絕了九龍珠的消息，那它的生命也將無從挽回了。

雖然它不敢盡全力，但周宣同樣覺得壓力滔天，這個怪物的能力果然不是他能抵擋的，但現在無論如何也都沒有退路了，只能盡全力一搏。

而且他還感覺到，自己的太陽烈焰能力就是它的剋星，這個怪物的能力雖然奇特，但似乎偏冷，跟自己的冰氣異能有幾分相似，太陽烈焰正好能克制它。

周宣也不敢動彈，身處在牆壁破洞中射進來的陽光之下，一邊猛力吸收著太陽的能量，一邊將那怪物苦苦逼迫著。

一旁的那個獸人受了重傷，卻沒有像周宣一樣的恢復能力，只能癱在牆角邊喘氣，無法再對周宣動手，而傅盈頭歪著倒在地上，似乎沒有感覺，應該是給那怪物制住了身體。而樓上的阿昌等人沒有動靜，估計也是遭到了那怪物的狙擊，否則客廳裏這麼大響動，他們不會不下來。

不過這樣也好，如果是沒有異能的殺手或者普通人，他們當然能輕易對付，但面對這外星怪物和獸人，他們就完全沒有對抗的能力了，不下來或許還能保有性命。

好在周宣這別墅與別的別墅相隔數百米遠，中間又間隔了無數的花草樹木，除了在樓頂能看到隔棟的建築外，在樓下可就看不到了。再說，他們此刻又都在一樓的客廳裏，就算別的別墅棟此時有人在觀察，也不可能看得到這個客廳裏來。

又因爲這怪物是變化成張蕾的模樣跟周宣一起進入的，所以國安局和警方在周邊監測時，都沒有絲毫的察覺。而周宣的其他家人也都被他用冰氣異能凍結了，此刻人事不知。

周宣和那怪物就如此僵持著，雙方都高度集中著精力，那怪物也暗暗吃驚，明明周宣已沒有了能量，怎麼忽然又有了能量？而且此時好像源源不斷的，怎麼也用不盡他的能量，這才想到獸人曾經給它彙報過的，周宣的能量還可以自動恢復。

它不知道，周宣得到九星珠的能力後，可以將太陽光直接轉化爲太陽烈焰的異能，此時正處在牆壁破洞中的太陽光照射下，所以能量迅速恢復。

那怪物自然不曾想到，周宣已經吸收了一顆九星珠的能量。

在兩人僵持之際，那怪物背面的牆壁忽然炸裂開來，一道青光如閃電一般射到那怪物背面。

周宣在怪物對面看得清楚，青光從怪物的胸口透出來，帶著一蓬血射向半空。

在半空中，青光凝結成一道人形，落下地來後，變化成毛峰的模樣，蹲在地上呼呼喘著

大氣。

這忽然的一襲，幾乎也耗盡了毛峰的能量，不過他也算偷襲成功了。

周宣根本就沒料到毛峰會在這個時候出現，不過這也符合毛峰的行事風格，在沒有把握沒有絕對利益的情況下，他是不會出手的。

那怪物遭到這樣的致命襲擊，胸口黑血狂噴，嘴裏也在淒厲狂叫著。

這種生物的血是黑色的，就更增添了神秘和陰厲的味道。

毛峰長長呼了一口氣出來，興奮地說道：「周宣，它完了！」

不過，就在毛峰興奮的時候，那怪物狂噴黑血的胸口裏，忽然又射出一條像藤蔓又好像是腸子一般的東西。毛峰猝不及防，一下子就給這東西纏住了身體。

大驚之下，他全身一豎，刀芒頓現，身體似乎又要轉化成刀氣的形狀。但就在刀氣未成形時，那藤蔓一般的東西就將毛峰纏得跟個粽子一般，強大的壓力把刀氣逼迫入毛峰的身體內。

毛峰淒厲的一聲狂叫，一道青光刀芒從他口中迸出，那藤蔓刹時鬆開毛峰，並纏上那青光刀芒，黑血如注噴向刀芒，數秒鐘之間，刀芒藤蔓黑血同時爆炸。

周宣在爆炸之時便有預料，趕緊運起全部的能量凝結成一道防護牆，護住了傅盈和其他家人，黑血噴在防護氣罩上，周宣如被雷劈，又是大大的一口鮮血噴出。

而那個獸人被黑血和爆炸氣波炸得粉身碎骨，一團一團帶著黑色的血跡肉屑，沾得牆壁上到處都是。

另一邊，毛峰臉如死灰，火隕刀給那怪物逼出體外，同它同歸於盡。

本來以爲偷襲成功，大功告成了，卻沒想到，那怪物的能力著實驚人，就是受了致命襲擊之後，殘餘的能力也將他的火隕刀損毀了。

火隕刀的損毀比要了毛峰的命讓他更難受。毛峰一直追求的就是強大的實力，而在海上因爲周宣的能力而得到的火隕刀，讓他擁有了不可想像的強大實力。

以前，他在周宣面前就如同一隻螞蟻在人前一般不堪一擊，但自從擁有了火隕刀之後，他在周宣面前就平起平坐了。再加上他聰明的頭腦，覺得自己已經站在了周宣的上方，處處限制著周宣，但沒想到的是，到了今天，還是自己吃了虧。

周宣依然還是那個周宣，擁有強大能力的周宣，屠手組織現在也給完全毀掉了，沒有了首腦和獸人，其他的殺手後繼無力，自然是不足爲慮，但是自己呢……

毛峰心如冰涼，火隕刀一毀，自己就仍然只是一個普通人了，如果自己沒得到過火隕，那可能還會好受一些，畢竟沒有真正擁有過那種強大的力量，也就不會有失落感，但曾擁有過那種力量忽然又給剝奪了，那種痛苦卻是無法忍受的。

因爲落差太大，毛峰腦子一片空白，傻呆呆的，不過他還沒想到，剛剛那一下，要不是

周宣用異能防護罩替他擋了一下，他的下場就會跟獸人一個樣了。

要說對毛峰，周宣並沒有好感，不過，他也總算是幫了自己幾次。這一次，雖然他沒存著什麼好心，等自己與那怪物兩敗俱傷的時候才出來撿便宜偷襲，卻沒想到聰明反被聰明誤了。

等到緩過來後，毛峰渾身一抖，這才驚覺自己的火隕刀已經不在了，趕緊四下裏尋找，在牆上那些黑色的肉屑中尋找，可無論怎麼找，他是再也找不到火隕刀的蹤跡了。周宣明白，火隕刀在與那怪物纏鬥時，被怪物炸碎了，再也不復存在了。

周宣隨即趕緊起身查看傅盈和父母弟妹李爲等人的身體，看看他們有沒有損傷。好在傅盈只是被那怪物控制了心神而暈眩著，剛剛這一切她都沒看到，這樣也好，周宣趕緊用冰氣異能把傅盈解開來。

冰氣異能與那怪物的能力確實有些相仿，能量分子有差別，但效用相差不大，難怪當初自己可以製作出屠手組織中那種異能子彈來。

傅盈幽幽醒轉後，一瞧客廳裏的樣子，頓時大驚起來，趕緊仔細瞧著周宣的身體，看到他完好無損，沒受什麼傷時才放了心，接著又去看金秀梅等人。

周宣說道：「盈盈，你別擔心，爸媽弟妹都沒事，我把他們都凍結了起來，就是不想讓他們看到這個情景。這樣吧，我們馬上請工匠來把客廳裏撞破的牆壁修補好，再弄乾淨。估計幾個小時能搶修完成，到時再把他們弄醒，這樣比較好一點。」

傅盈這才放了心，又瞧瞧毛峰，問道：「他是誰？」

周宣搖搖頭道：「盈盈，你不用問太多，他是我以前認識的一個人。我叫傅大哥過來，派人善後，然後再讓他派人把他送到機場，讓他回國。」

傅盈瞧著毛峰失魂落魄的樣子，看起來這個人有些陰鬱，不像個好人，又聽周宣說這個人只是他認識的一個人，並沒有說是朋友，那就值得考慮了。

周宣當即又對毛峰說道：「毛先生，不用找了，火隕刀已經跟那怪物同歸於盡，毀掉了。等一下我會讓警方的人過來善後，你繼續留在這兒只怕會有麻煩，我安排人送你回義大利吧。」

毛峰兇相畢露，叫道：「我不信，我不信……我的火隕刀怎麼可能會消失？我不信……我不……」

只是叫嚷著時，聲音卻漸漸低了下來，終是無力地蹲在地下。

周宣不再理會他，掏了手機出來，給傅遠山打了個電話，讓他火速安排幾個可靠的屬下過來清理善後。傅遠山一聽，當即吩咐下屬緊急請工人，工錢可以多給，但一定要趕時間搶修出來，一邊又帶了幾個人趕往周宣這邊。

只是傅遠山心裏也有些奇怪，明明在宏城花園周邊嚴嚴實實地派有便衣監控，那殺手是怎麼進去的？

而他們監控著的那三個人並沒有動靜，一聽到周宣說殺手已經在他別墅裏時，還真是嚇了一大跳，好在聽到周宣說已經解決了，這才放了心。

在別墅門前停了車後，傅遠山一行六個人下了車就急急往別墅裏進，大門上那個大洞讓他們觸目驚心。

像這樣的一個大洞，就是地雷也炸不開，因爲這道大門是鋼鐵鑄成的，能在這樣的大門上留下這麼大的洞口，除非是導彈才有那樣的穿透力，至少也得像穿透力超強的坦克等炮彈。

但這些炮彈打過來得有幾個條件，一是有發射的裝置，比如坦克大炮等，二是爆炸會有巨大的響聲，這兩個條件缺一不可。

但要在城裏開進一門大炮或者坦克，除非是軍方的行動，否則是絕對不可能的，傅遠山也沒有接到任何這樣的報告，所以他肯定這不是炮彈造成的。

又因爲傅遠山對周宣的瞭解，知道是有超能力的人才能做得出這樣的狀況，要是換了周宣，那是輕而易舉的，而且不會露出半點響聲。

進了客廳中，傅遠山幾個人不禁呆了。

客廳裏的牆壁上穿了好幾個大洞，都是能穿進人的，大廳裏一片狼藉，牆上到處是黑色的肉一般的東西。

不過傅遠山不關心這個，他關心的是周宣家人的安危，一邊讓下屬清理現場，自己一邊檢查周宣家人的身體。

周宣在旁邊拉著傅遠山，悄悄說道：

「大哥，不用擔心，我家人沒事，是我自己用能力將他們弄暈的，等把房子修補好再讓他們醒來，我是怕家人擔心害怕，這件事他們都沒看到，一點也不知道，還有……」

說著，湊近了傅遠山的耳邊：

「大哥，屠手的首腦已經被毀滅了，我不知道該怎麼對你說，它不屬於我們人類，是來自外太空的生物，它進來時，是假扮成了張蕾的樣子，跟我一起進來的，當時我沒察覺，好在終於把它毀掉了。」

傅遠山聽得瞠目結舌，有如聽天書一般，不過周宣的話，他絕對的相信，再看了看現場，也就不必多說了，當即指揮屬下把殘留的東西清理乾淨，準備收集回去再銷毀掉。

爲了周宣的安危，這事他是不能對任何人說出去的，國安局那邊更好說，因爲他們不知道殺手已經進入了周宣的別墅裏，只要他們繼續去注意那些底層的殺手就好了。

首腦一死，屠手那些殺手就是群龍無首，他們根本就不知道首腦的秘密。

傅遠山又派人把毛峰送到機場直到上飛機，和屬下迅速地把現場清理完，然後離開。

在大門口，周宣把張蕾的車箱打開，果然在裏面看到了暈倒的張蕾，當即把她抱出來放到車裏面，讓傅遠山把她帶回局裏。

周宣則用冰氣異能幫她化解了一下，不過，她仍得半個小時後才會醒轉過來。

接下來，搶修的工人也到了。周宣和傅盈趕緊把家人背上樓，放到各自己的房間裏，然後等候工人們把牆修補好。

補幾個洞是很快的，磚砌上，再打底，最後油漆，兩個小時就好了。傅遠山又請防盜門的公司來把大門也換掉，新的大門跟以前的一模一樣，除了新一點，其他地方還真看不出來。

等到換門的和補牆的都走了後，周宣和傅盈再檢查了一下，一切都沒什麼問題。周宣這才運起異能解除了對家人的控制。

一家人都在各自的房間裏醒來，摸著頭發愣，搞不清楚是怎麼回事，好像在記憶中明明是在客廳裏玩牌的，怎麼忽然醒來是在房間的床上了？

眾人實在搞不明白，愣了一陣，各自起身洗臉後來到客廳裏。傅盈和周宣兩個人正在安靜地看電視，看到他們下來，便一一問了一聲。

金秀梅、劉嫂、周蒼松三個人由於年紀大了，腦子也有些昏沉，想不明白的事就不想了，但周濤周瑩卻覺得奇怪，心中嘀咕著，尤其是李爲，摸著頭皺著眉問周宣：

「宣哥，我覺得好奇怪，明明剛才是在客廳裏聊天的，怎麼忽然就在床上睡覺了？看看現在，天也要黑了，這幾個小時怎麼就像中斷了一樣？」

「我哪知道，你明明說累了，爸媽、弟妹和你都是一起上樓去睡覺的，怎麼就你有這個怪想法？」

周宣啐了一口，然後淡淡地說著。

李爲又摸了摸頭，發著怔，嘴裏嘀咕著道：「難道我吃安眠藥了？」可又著實沒有印象，瞧了瞧周濤周瑩等人，一個個都發著怔。

傅盈伸了個懶腰，說道：「哎呀，好睏，我上樓睡覺了。」

周宣也跟著往樓上走，一邊走一邊說道：「我到樓上跟阿昌聊天去。」

阿昌五個人都給那怪物禁制住了，人事不知，都昏迷著，等到了樓上後，周宣趕緊把他們解除了禁制。

基本上從頭到尾，阿昌、阿德五個人都沒發覺到那外星怪物的到來和對他們施出的禁制，這跟周宣一樣，用異能做出控制後，普通人是一點都不會知曉的。

周宣微笑著對阿昌阿德等人說已經沒事了，經查明就只有那三個嫌疑人，已經都在警方

的控制之中，無需擔心，便讓阿德四個人回魏海洪那邊去。

等到把所有的事都安排做完後，周宣回到房間裏，坐在床上回想著今天發生的事情，猶如做夢一般。

他確實沒料到，就這麼無意中竟然把屠手的首腦給消滅了。按照想像，應該是不可能這麼容易的，而且事實上，周宣也能肯定自己的確不是那外星怪物的對手，但卻偏偏就是那麼巧，在他難以支撐的時候，毛峰出現了。

毛峰本也想投機取巧的，但卻就是他的想法導致了那怪物被重創後，選擇了與他同歸於盡，結果就是那怪物死前把毛峰的火隕刀給毀掉了。

周宣雖然沒有那樣的念頭，但這個結果卻是合他的心意的。

毛峰可不是一個能安靜的人，事實上，他是一個唯恐天下不亂的人，但他還算是幫了周宣兩次忙，周宣也沒有要將他置於死地的想法。

這次被外星怪物毀掉了他的火隕刀，外星怪物也被毀滅了，這其實是一個最好的結果。這樣一來，毛峰即使有讓世界混亂的野心，也沒有了那樣的實力，也就不足爲懼了。

請續看《淘寶黃金手II》卷八　各顯神通

# 淘寶黃金手II 卷七 力挽狂瀾

作者：羅曉
出版者：風雲時代出版股份有限公司
出版所：風雲時代出版股份有限公司
地址：105台北市民生東路五段178號7樓之3
風雲書網：http://www.eastbooks.com.tw
官方部落格：http://eastbooks.pixnet.net/blog
Facebook：http://www.facebook.com/h7560949
信箱：h7560949@ms15.hinet.net
郵撥帳號：12043291
服務專線：(02)27560949
傳真專線：(02)27653799
執行主編：朱墨菲
美術編輯：許惠芳

法律顧問：永然法律事務所 李永然律師
北辰著作權事務所 蕭雄淋律師

版權授權：蔡雷平
初版日期：2013年11月
初版二刷：2013年11月20日
ISBN ：978-986-146-996-6

總 經 銷：成信文化事業股份有限公司
地　　址：新北市新店區中正路四維巷二弄2號4樓
電　　話：(02)2219-2080

行政院新聞局局版台業字第3595號 營利事業統一編號22759935


**定價：280元　特價：199元**



國家圖書館出版品預行編目資料

淘寶黃金手II／羅曉著. -- 初版-- 臺北市：風雲時代，
2013.07 -- 冊；公分

ISBN 978-986-146-996-6（第7冊；平裝）

857.7　　102010303